I0664522

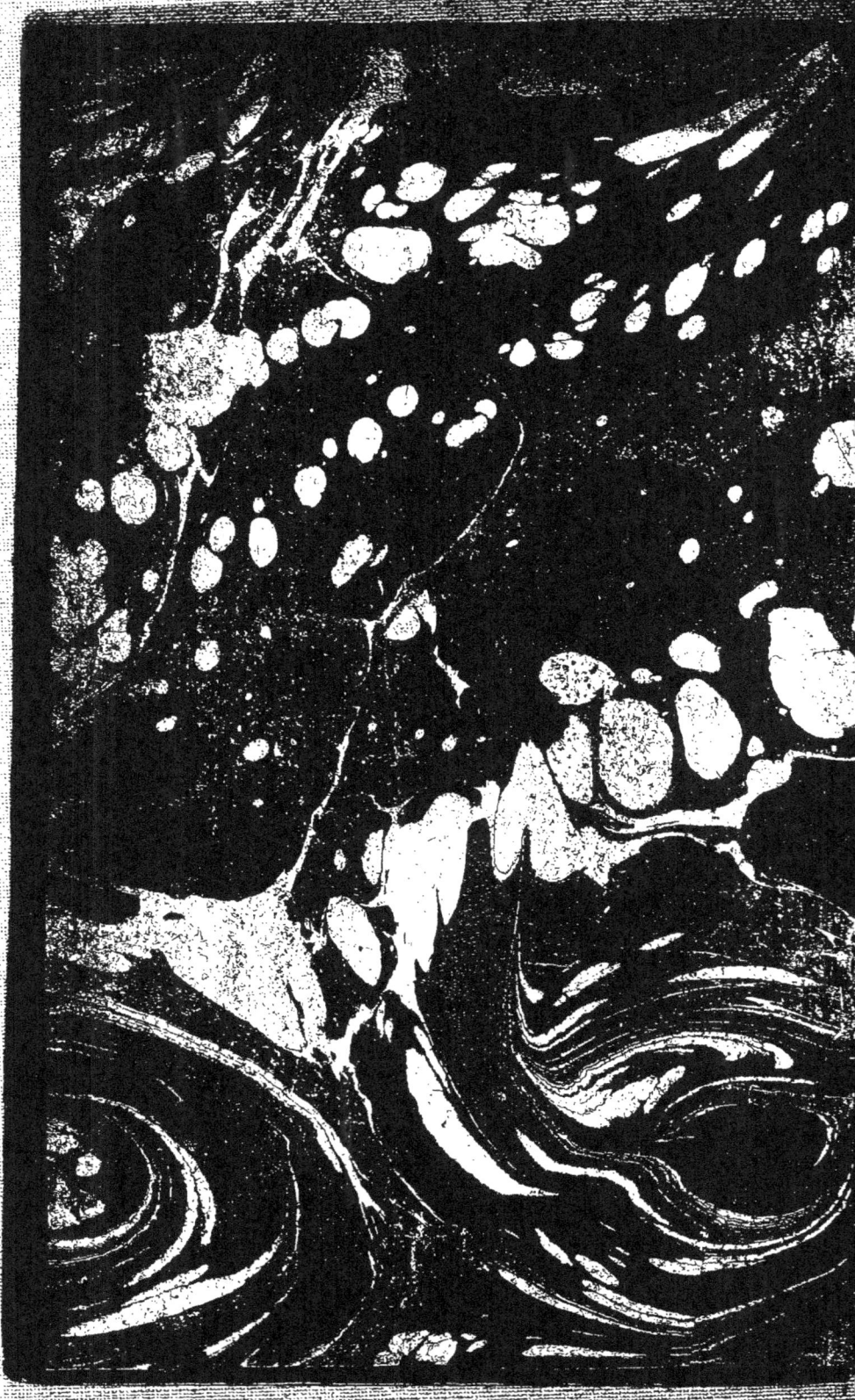

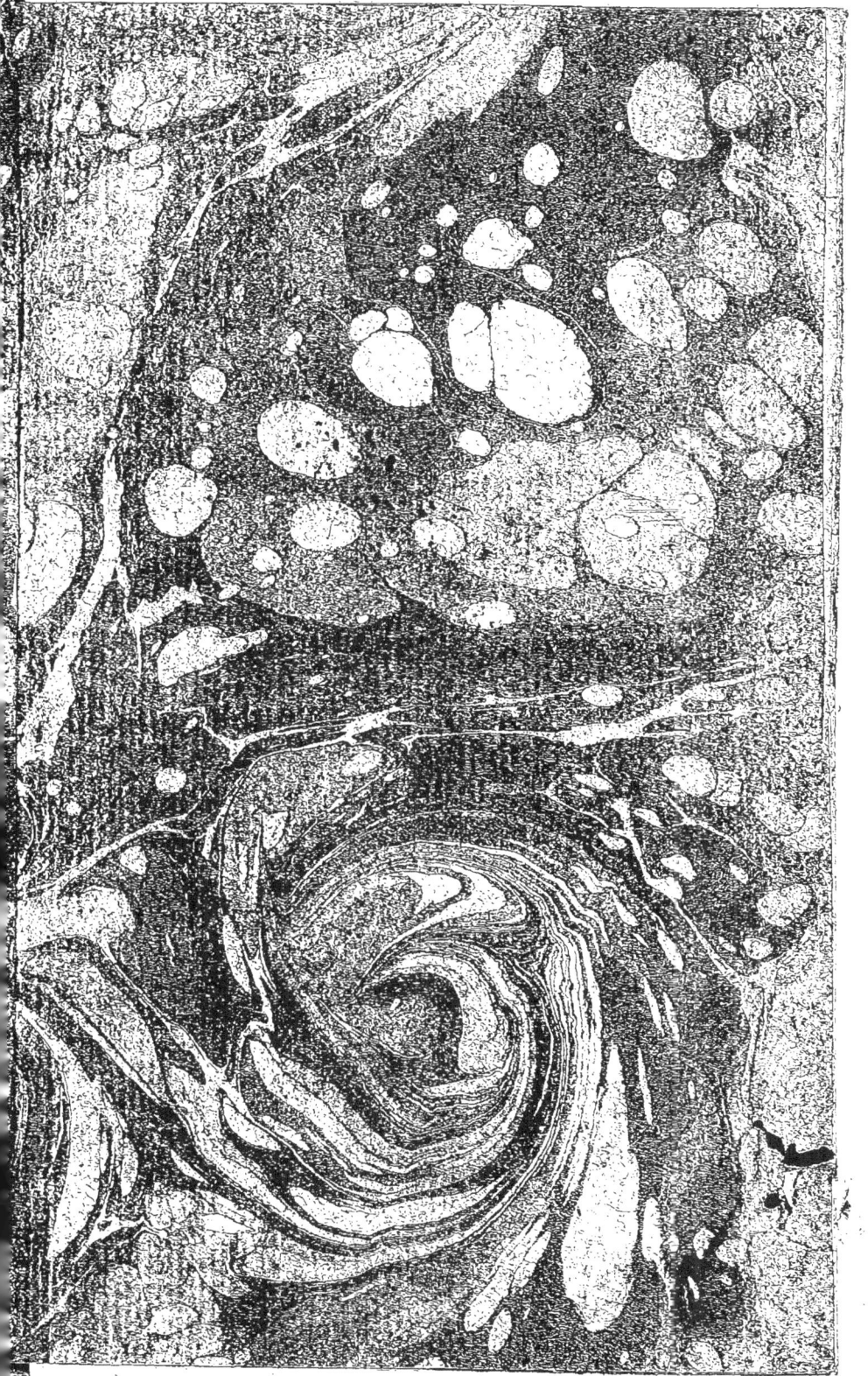

10809.

B. L.

Cat. demijon 1897.

CAIN

jista O V *quaraq*

L'IDOLATRE
CONVERTY.

TRAGI-COMEDIE.

De F. G. B.

BIBLIOTHEQUE DE L'ARSENAL

A LYON,

Chez CLAVDE LA RIVIERE, rue
Merciere à la Science.

8° B L 14.09 8

M. DC. LVI.
AVEC PERMISSION.

AV LECTEVR.

A MY Lecteur tu sçais bien que les Muses Françoises deuiennent tous les iours Chrestiennes, elles ne sont plus belles si elles ne sont bonnes, depuis que la vertu a fait alliance auec les Illustres du sacré Parnasse, cela m'a donné le courage de composer ce Poëme dragmatique, ne pensant pas neantmoins que mes amis apres s'en estre diuertis en particulier le voulussent donner au public. Mais si ie n'ay pû me defendre de leur innocente thraison, i'éuite le fast interessé d'vne dedicace. Ie veux que tu sois mon Illustrissime, puisque ie suis

Ton tres-humble & tres-
obeïssant seruiteur
F. G. S. B.

A 2

S V I E T.

AIAN affiege Venife, & la preffe à ce point qu'A-gilulfe, comme defeperé fe refout d'aller luy - mefme auec fort peu de voiles, combatre vne puiffante armée nauale, où Dorante l'accōpagne. Romilde qui s'étoit renduë amoureufe de Cajan, ayant fçeu que fon mary eft mort au combat, & que Dorante y refte prifonnier, écrit à Cajan que s'il veut l'efpoufer, elle luy rendra la ville. Ce que Cajan ayant feint d'acce-pter, il entre dans Venife : Mais au lieu d'époufer Romilde il la veut faire mourir. Neantmoins s'eftant rendu amoureux d'Olympe il luy offre la deliurance de fa mere, & de fon Amant, & de toute la ville, à condition qu'elle l'époufe. Ce qu'Olympe ayant promis pour des motifs fi preffans, elle le conuertit enfin ; & Cajan eftant baptisé reçoit tant de graces

du

du Ciel qu'il rend le ville à Romilde, ou
plûtoſt à Agilulfe, lequel ſe treuue mira-
culeuſement échapé de la mort, & Dorante à Olympe; & ſe reſout à mener vne
vie parfaitement Chreſtienne.

*Le ſujet eſt pris de l'hiſtoire
Ecclefiaſtique.*

A 3

ACTEVRS.

CAIAN Roy des Huns ou Abarois , Idolatre.
AGILVLFE Duc de Venize , Chreſtien.
ROMILDE Femme d'Agilulfe, Chreſtienne.
OLYMPE , Fille d'Agilulfe & de Romilde.
CLIANTE Confidente de Romilde.
VN HERAVT.
VN SECRETAIRE.
VN SENATEVR.
VN CAPITAINE de la Ville.
VN CAPITAINE des Gardes de Romilde.
DEVX SOLDATS.
DORANTE , promis à Olympe.

La Scene eſt dans Venize dans la Baſſe-Cour du Palais du Duc.

CAIAN

CAIAN

OV

L'IDOLATRE
CONVERTY.

ACTE I.

SCENE PREMIERE.

AGILVLFE, DORANTE.

AGILVLFE.

IMPITOYABLE *fort faut-t'il que ma*
   constance,
N'ayt plus contre ton bras aucune resistance,
Que tu force mon cœur accablé de malheurs,
A se trahyr soy-méme en m'arrachant de pleurs.
Oüy ces yeux autres fois les foudres de la guerre,
D'ont les regards iettoient les ennemis par terre,

A 4

Et qui loin d'auoir peur faisoient peur à la mort,
Sont forcez de donner de larmes à mon sort.
Voir perir mon Estat, voir perir ma famille,
Voir l'honneur de ma femme, & celuy de ma fille,
Seruir à ce tyran de funeste butin,
Quels yeux pourroient sans pleurs regarder ce
   destin ?
Mais tarissons ces pleurs, & toy destin funeste,
Prens au lieu de ces eaux tout le sang qui me reste.
Ie puis encor, ie puis n'estant mort qu'a demy,
M'aller rendre immortel dans le camp ennemy.
Vn noble desespoir n'est pas toûiours blamable.
Le Ciel luy tend souuent vne main fauorable;
Et puisqu'il me contraint à ce iuste dessein,
Moy luy donnant le cœur il me tendra la main.
I'iray sous sa conduite auec fort peu de voiles,
Combattre vn nombre égal à celuy des étoiles.

DORANTE.

Allons Seigneur allons.

AGILVLFE.

           Tu dois rester ici.

DORANTE.

Ie dois combattre, vaincre, ou bien mourir aussi.
Vaincre! helas qu'ay-ie dit! il n'est que trop visible,
Que le destin nous rend la victoire impossible;
Mais malgré son dessein & ses plus rudes coups,
Ie ne puis que combattre, & mourir auec vous.

AGILVLFE.

Non Dorante; & mon cœur ne pouuant le per-
   mettre
Pour des raisons d'Estat, le tien doit se soûmetre
                                          DO

DORANTE.

Vous auez sur mon cœur vn pouuoir absolu,
Mais Seigneur ....

AGILVLFE.

C'est ainsi que ie l'ay resolu.
Et ie puis negliger le soin de ma personne :
Ie puis m'abandonner ou le Ciel m'abandonne ;
Mais il defend luy mesme à mon esprit prudent,
D'exposer ta valeur au danger euident.
Il veut que ie conserue vn guerrier dont peut estre
Il se voudra seruir pour repousser ce traitre,
Ce cruel ennemy de ses sacrez Autels,
Et faire que nos maux ne soient pas immortels.
Sa main me promet donc vn coup de sa puissance,
Et la tienne vn effet de ton obeissance.
Tu resteras en ville afin d'y resister
A l'orage ou mon cœur se doit precipiter.
C'est te faire vn honneur digne de ton courage.

DORANTE.

Ie renonce à triste & funeste aduantage,
Puisque l'honneur de vaincre ou mourir auec vous,
M'est le plus important & le plus grand de tous.

AGILVLFE.

Ton courage obligeant n'aura plus de replique
Si tu penses au bien de la chose publique.

DORANTE.

I'y pense mieux Seigneur, quand pour seruir l'état,
Ie veux garder sa teste au milieu d'vn combat.

AGILVLFE.

Vuidons par ton amour cette noble querelle.
Tu dois estant vaillant estre encore fidele,
N'abandonner ma fille en cette occasion,

Et ne ioindre ta gloire à ta confusion.
La pourras-tu quitter ?

D O R A N T E.

Ouy pluſtot que mon Prince,
Qui ſe perd auiourd'huy pour ſauuer ſa Prouince.
Quoy que l'amour m'impoſe vne facheuſe loy,
L'honneur aura toûiours plus de pouuoir ſur moy.
Et i'ay receu du ciel vne ame aſſez bien née,
Pour preferer l'honneur aux douceur d'Hymenée.
Olympe a des appas qui captiuent mon cœur ;
Mais côtre mon deuoir il n'eſt point de vainqueur.
Et ie croy que l'amour ſans l'honneur eſt infame.

A G I L V L F E.

Ce diſcours montre aſſez la grandeur de ton ame.
Mais qui dois-ie laiſſer pour ſoûtenir l'Eſtat ?

D O R A N T E.

Quelqu'vn (Seigneur) de qui vous faſſiez moins
　　d'état.

A G I L V L F E.

Ie dois conſiderer le plus conſiderable.
T'ayant des ja choiſi mon choix eſt raiſonnable,
Puiſque le bras du ciel ſemble garder au tier,
L'honneur d'eſtre l'appuy d'vn eſtat ſi chreſtien.
Il veut que ta conduite égale à ton courage,
Soit le noble Alcion qui calmera l'orage.
Ainſi tu ſert l'Eſtat, & ma noble maiſon ;
Ainſi tes chaſtes feux éclairent ta raiſon ;
Et ta vertu ne peut refuſer cette grace,
Au public, à ma fille, à mon illuſtre race.

D O R A N T E.

Ces beaux motifs pourroient ébranler mon deuoir.
Si mon obeiſſance eſtoit à mon pouuoir.

Pour

Pour eſtre au pres d'Olympe autant que pour vous
   plairre
Ie reſterois icy ſi ie le pouuois faire ;
Mais vous allant combattre (ô grand Prince) ie
   dois
Montrer quel eſt celuy d'ont vous fites les choix,
Lors que pour voſtre appuy voulant choiſir vn
   gendre,
Vous quitates (Seigneur) cent Heros pour me
   prendre.
Ie veux donc meriter par vn noble treſpas,
Celle qu'vn lache cœur ne meriteroit pas.
Le ciel en aura ſoin (Seigneur) à mon abſence,
Il ſera ſon Dorante ; il ſera ſa defence,
Et ſon bras tout puiſſant luy permettra de voir,
Que contre l'innocence il n'eſt point de pouuoir.
Mon genereux deſſein qui me rend digne d'elle,
Ne peut donc meriter le blame d'infidelle
Et ie croy que pluſtot elle deuroit hayr
Dorante , s'il pouuoit icy vous obeyr.
Voyez donc le refus de mon obeïſſance,
Digne de mon amour , & rempli d'innocence,
Se ietter à vos pieds , demander à genoux,
L'honneur d'aller combatre , & mourir auec vous.

         A G I L V L F E.

L'obligeant obſtiné ! l'heroïque rebelle !
Ma fille a du bon-heur , Dorante eſt digne d'elle.
Mais ton triſte depart luy va donner des loix,
Qui la feront reſter fille & vefue à la fois.

         D O R A N T E.

Son cœur eſt genereux pour ſouffrir l'vn & l'autre,
Voyant que mon trépas accompagne le voſtre.

                    Ne

Ne me preſſez donc plus par des motifs ſi doux.
Vous meſme m'enſeignés à repouſer vos coups ;
Puiſque oſtant au public voſtre auguſte preſence,
Qui pourroit retenir ſes malheurs en balance,
Vous laiſſez la Ducheſſe , & d'vn beau deſeſpoir,
Vous voyez à vos pieds ſes larmes ſans pouuoir.

AGILVLFE.

Il eſt vray ma raiſon rend ſa plainte inutile.
Pour immoler ma vie au ſalut de la ville.
Et le ciel qui voit tout voit bien que ie ne puis
Souffrir ce que ie ſouffre eſtant ce que ie ſuis.
On eſtouffe cent maux par vn mal volontaire,
Le conſeil en eſt pris.

DORANTE.

C'eſt à moy de me taire,
Et de ſuiure vos pas auec vos ſentimens.

AGILVLFE.

Tu l'emportes. Va donc renger mes regimens,
Donne l'ordre , & ſur tout viſite les nauires,
Tu viendras auec moy puiſque tu le deſires.

DORANTE.

I'y vay Seigneur.

AGILVLFE Seul.

Va donc , met tout en tel état
Qu'on rende auiourd'huy meſme vn glorieux
combat.
La mort qui me promet vne meilleure vie,
Fera que mes malheurs ſeront dignes d'enuie.
Grand Dieu d'ont les Arreſts ſont la méme raiſon,
Detourne ton courroux de ma noble maiſon ;
Et ſi ton iuſte bras la punit pour ſa teſte,
Vois que ie l'abandonne aux floſs de la tempeſte.

Fais

Fais donc que l'idolatre admirant tes reſſorts,
Connoiſſe que tu peux affoiblir les plus forts ;
Et que ton bras puiſſant comme iuſte, eſt capable
De mettre l'innocent au deſſus du coupable.
Montre donc ta iuſtice, & du plus haut des cieux,
Iette dans les enfers vn monſtre audacieux ;
Pourrois-tu regarder auec vn œil de pere,
Que contre le Chreſtien l'Idolatre proſpere ?
Et qu'vn cruel tyran plein d'infames deſſeins,
Portaſt ſur tes Autels ſes ſacrileges mains ?
Si tu fermes les yeux à mon auguſte zele,
Arme tes bras au moins pour ta propre querelle.
Mais ie vois vn Soldat.

SCENE II.

SOLDAT, AGILVLFE.

SOLDAT bleſſé.

Seigneur trop glorieux,
De mourir aniourd'huy pour l'intereſt des
Cieux.

AGILVLFE.

Vien tu de mon armée ?

SOLDAT.

Ouy Seigneur.

AGILVLFE.

Hé de grace
Soldat, ſuccintement dis moy ce qui ſe paſſe.

SOLDAT.

Auſſi ne puis-ie pas vous faire vn long raport,
Puiſque

Puiſque mon cœur attend le moment de la mort.
Mais pour auoir l'honneur de dire à voſtre Alteſſe
Ce que i'ay veu, mon zele à forcé ma foibleſſe.
Helas tout eſt defait, à l'entour des vaiſſeaux
On ne voit plus que ſang d'ont rougiſſent les eaux.
L'inexorable bras du cruel Idolatre,
Ne fait que maſſacrer, que bruler, & qu'abatre;
Tous les Soldats y ſont (à ſa rage immolés)
Ou morts, ou dans la chëine encor plus deſolés.

A G I L V L F E.

Iuſte ciel qu'eſt cecy ! mais dis moy ie te prie,
Comment as tu donc pû te retirer en vie ?

S O L D A T.

Ie me trouuay caché dans le fonds d'vn vaiſſeau,
Quand on iettoit les morts & les bleſſez dãs l'eau.
Mais l'ennemy n'ayant plus du ſang à repandre,
Met le feu pour couurir tant de ſang de la cendre
Qu'auroit fait le vaiſſeau ſi l'orage ſoudain,
Les faiſant retirer n'eut rompu leur deſſein.
Le vent donc me degage derrobe & me menant
    en ville,
M'a permis de vous dire ... ha ie ſuis trop debile
Pour parler dauantage, & mon eſprit content,
Me dit qu'il va quitter ſa priſon à l'inſtant.

A G I L V L F E.

Tu meurs couuert de gloire en mourant pour
    l'Egliſe,
Tu ſembles meriter qu'elle te canoniſe.
Adieu braue Chreſtien, adieu Soldat adieu.
Ie te ſuiuray bien-toſt : mais ſortons de ce lieu,
Allons aueuglement ou le Ciel nous emporte ;
Si mes Soldats ſont morts ma valeur n'eſt pas
    morte.

                              Sur

Surprenons l'ennemy, faisons, faisons luy voir
Ce que peut vn grand cœur armé de desespoir.

SCENE III.

ROMILDE, CLIANTE, AGILVLFE,

AGILVLFE.

MAdame ie m'en vay, le Ciel méme l'ordonne.
I'entends parfaitement ce qu'il dit quand il
tonne ;
Et puisque ses carreaux s'allument contre moy,
Il verra que ma cendre obeit à sa loy.
Il me verra voler (ma perte estant certaine)
Au combat pour aller au deuant de sa hayne.
Hayne ! ce mot l'offence, il ne sçauroit hayr
Vn esprit genereux qui luy sçait obeyr.
I'iray donc receuoir les effets de sa grace,
Par vn noble trespas dont Cajan me menasse,
Et sans plus retarder mesme dés aniourd'huy,
Il verra par ma mort que i'ay vescu pour luy.

ROMILDE.

S'il faut que vostre mort me rende infortunée
Attendez le moment de nostre destinée,
Mais ne l'auancez pas, puisque comme ie croy,
Vostre desespoir choque vne chrestienne loy.
Lé Ciel nous fera voir que son tonnere esclatte,
Sur les prosperitez dont vn tyran se flatte.
Par mille beaux effets (Seigneur) il nous apert,
Qu'il nous saune souuët au momët qu'il nous perd.
Il veut que vous gardiez vostre illustre personne.

AGILVLFE.

A G I L V L F E.

Il l'a conseruera quoyque ie l'abandonne,
Puisque par mille effets (Madame) il nous apert,
Qu'il nous sauue souuent au moment qu'il nous
    perd.
Il connoistra mon zele , & Cajan mon courage.
L'vn inspire à mon ame vne celeste rage,
Et l'autre sentira que malgré mon malheur,
Si ie puis perdre tout , ie garde ma valeur.

R O M I L D E.

Il n'est point de valeur qui ne soit raisonnable.
Et quoy qu'vn desespoir fut icy pardonnable ;
Toutesfois mes raisons pretendent l'emporter,
Sur vn cœur que mes pleurs deuroient seuls ar-
    rester.
Les eaux que vous versez pour m'arrester (Ma-
    dame)
Font augmenter l'ardeur qui brusle dans mon ame;
Et ie connois trop bien par vos plus tendres pleurs,
Que ie suis seul celuy qui cause ces malheurs.
Mais si ie suis le seul pour qui Dieu se courrouce;
I'espere que ma mort rendra sa main plus douce;
Et mon noble trespas , chrestien , & genereux,
Ostera le sujet qui le rend rigoureux.

R O M I L D E.

Seigneur , si pour calmer ce furieux orage,
La generosité vous resout au naufrage,
Et s'il faut immoler quelque Victime aux Cieux,
Quand elle sera double ils s'apaiseront mieux.
Souffrez donc que ie meure auec vous , & que
    i'aille.
Leur immoler ma vie au fort d'vne bataille.

A G I L V L F E.

AGILVLFE.

Le sexe vous defend vn desespoir si beau,
Et le Ciel ne veut pas vn prodige nouueau.
l'iray seul m'immoler à sa iuste colore,
Trop content de mourir, trop heureux de luy
   plairre.
Vous attendrés icy l'effet de sa bonté,
Mais i'ay desja Madame, vn peu trop arresté.
Adieu donc pour iamais.

ROMILDE.

          Non ie ne sçaurois viure,
Et ie pourray mourir si ie ne puis vous suiure :
Ne pensés-pas (Seigneur) que ie puisse apaiser,
Ma trop grande douleur par ce triste baiser.

ARGILVLFE en s'en allant.

Madame ie vous prie accompagnés mes armes.
D'vne ardente oraison plustost que de vos larmes.

ROMILDE à Cliante.

Cliante quel croys-tu que soit mon plus grand mal.

CLIANTE.

C'est la peur qu'il perisse en ce combat naual.
Mais il faut vous resoudre, & témoigner (Ma-
   dame)
Vn cœur plus genereux que celuy d'vne femme.

ROMILDE.

Le cœur plus genereux se verroit abbatu,
Et n'auroit plus icy ny force ny vertu.
Tu vas estre estonnée, & grandement surprise
Lors que ie t'auray dit mon mal auec franchise.

CLIANTE.

Vous sçaués qui ie suis.

B

ROMILDE.

Ie le ſçay dez long-temps.

CLIANTE.

Dites donc voſtre mal.

ROMILDE.

Attends Cliante, attends,
Laiſſe paſſer plûtoſt la pudeur naturelle
Qui ſoupçonne en cecy l'eſprit le plus fidele.
La honte me retient.

CLIANTE.

Il vous faut ſurmonter
L'obſtacle feminin.

ROMILDE.

Oüy ie le veux dompter,
Pour te dire, ha que dis je ! oüy ie te le veux dire,
C'eſt helas ! pour Cajan que mon ame ſoûpire.
Ainſi ie ne vois point de remede à mon mal,
Car ie perds vn mary ſans gagner vn riual.

CLIANTE.

Ie ſuis ſurpriſe.

ROMILDE.

Il faut pouſſer ma confidence,
Et rompre ma douleur en rompant mon ſilence.
Auſſi ne fait'il rien te cachant mon deſſein,
Qu'irriter ce grand feu qui brûle dans mon ſein.
Mais le départ du Prince, & ſa triſte aduenture,
Me montre maintenant vne belle ouuerture.
Sçache donc que Cajan eſt à ce point charmant,
Que ſa grace a vaincu tout mon raiſonnement.

CLIANTE.

S'il vous ſemble charmant c'eſt donc l'effet d'vn
ſonge.

Mais.

Mais le songe est le pere & l'enfant du mensonge.

ROMILDE.

Pleust aut Ciel fut-ce vn songe ou quelque illusion,
Le iour s'opposeroit à cette vision.
Il te faut donc tout dire ô chere confidente.
L'objet est veritable, & ma perte euidente,
L'amour me va porter en quelque extremité,
Qui portera ma honte à ma posterité.

CLIANTE.

Si ce n'est pas vn songe, il faut qu'vn art magique
Ayt éblouy vos yeux d'vn objet si tragique.

ROMILDE.

Non ce n'est pas cét art, quoy qu'il ayt grand
  pouuoir,
Qui m'en rend amoureuse, & qui me l'a fait voir.
Regarde son pourtrait, & vois que la peinture
Fait icy disputer l'art auec la nature.

CLIANTE.

Qui vous a pû donner ce pourtrait?

ROMILDE.

　　　　　Vn Soldat,

Echappé l'autre iour d'vn furieux combat.
Il tenoit en ses mains vn si precieux gage :
Ie le pris, & fus prise helas ! à mon dommage,
Car depuis ce fatal ou fortuné moment,
Mon cœur bruslé d'amour soûpire incessamment.
L'amour peut-il causer de plus grande infortune ?

CLIANTE.

Madame il est certain qu'elle n'est pas commune.
Mais comment ce Soldat aurois pris ce tableau !

ROMILDE.

Il se ietta (dit-il) à la mercy de l'eau,

　　　　　B 2

Dans la confusion d'vne grande derroute.

CLIANTE.

Madame ce Soldat est vn fourbe sans doutte.
Car la confusion fut de nostre costé.

ROMILDE.

Par mégarde Cajan pourroit l'auoir ietté,
Et pendant qu'il s'admire en ce parfait ouurage,
Sé leuant en sursaut pour aller au carnage,
Ce pourtrait d'ont les traits ne semblent pas hu-
    mains ;
Luy pourroit par megarde estre tombé des mains;
Et pour lors ce Soldat hazardant mille vies,
Auroit fait son butin de tant de pierreries.
Enfin quoy qu'il en soit, quelque soit le hazard,
Regarde ce beau Prince, admire son regard :
Contemple ce beau front, cette charmante bouche,
Ce beau teint ou la rose & le lys qui la touche,
Rehaussent les beautés, & le rendent si doux
Que le tein de l'aurore en est presque jaloux.
Enfin tout son visage, & sa noble posture,
Montrent que ce chef-d'œuure epuisa la nature.
Aussi quoy que sa hayne exerçe contre nous,
Mon cœur s'estime heureux de receuoir ses coups.
Il ne respire rien de plus doux que ma perte :
Il veut changer Venise en vne Isle deserte ;
Toutesfois il me plait, que feroit-il vn iour
Prenant en ma faueur les armes de l'amour.
Taisez-vous mon honneur, & gardez le silence.
Mon amour ne sçauroit vous donner audience ;
Car comme il n'a point d'yeux il n'a pareillement
D'oreilles pour ouyr vostre raisonnement.
Et toy chere Cliante inuente mon remede ;

Souuiens

Souuiens-toy qu'il n'eſt rien de quoy l'amour ne
   s'ayde.
Que tu m'obligerois par quelque inuention
Qui ſoulageat au moins ma grande paſſion.

CLIANTE.

Quand vn mal eſt ſi grand le remede eſt extréme.
Vn œil bleſsé d'amour ne voit que ce qu'il ayme.
Et ſe fermant luy meſme à tout autre reſpect,
Tout objet qui le choque eſt tenu pour ſuſpect.
Voulez-vous appaiſer cette flame impreueüe,
Iettez les yeux ſur elle, & detournez la veüe
De tout ce que le Peuple & le Senat voudroit
Oppoſer contre vous ou de force, ou de droit.
Apres la mort du Prince & la plainte commune,
Dites que vous voulez adoucir la fortune,
Adouciſſant Cajant qui la tient contre vous,
En ce deſobligeant & funeſte courroux.
Deſia ſecrettement vous aurez fait entendre,
A ce Prince charmant que vous voülez vous
   rendre,
Et qu'auec aſſeurance il peut venir chez vous,
Comme Duc de Veniſe, & comme voſtre eſpoux.
Ie croy, s'il eſt prudent autant qu'il eſt aymable,
Qu'vn article ſi beau luy doit eſtre agreable;
Car quoy qu'il ſoit puiſſant il doit craindre le ſort,
Qui ſouuent par caprice affoiblit le plus fort.

ROMILDE.

Ce conſeil m'eſt nuiſible encor bien qu'aſſez ſage.
En qu'elle extremité penſe-tu qu'il m'engage ?
Le Peuple & le Senat s'armeront contre moy.

CLIANTE.

Mais n'eſt-ce pas de vous qu'il reçoiuent la loy.

Soudain qu'vn peuple voit qu'il n'est plus de re-
　　mede,
Il se rend au plus fort, facilement il cede,
Sçachant bien qu'il n'est né que pour estre sujet,
Et le repos qu'il a banit tout autre obiet.

R O M I L D E.

Mais la religion y met vn grand obstacle.

C L I A N T E.

Conuertissez son cœur, faites ce beau miracle.
Faites luy reconnoistre vn méme Dieu que vous.
Vne femme peut tout sur l'esprit d'vn époux.
Vous obligez le Ciel si vous venez à faire
Vostre Chrestien époux d'vn Payen aduersaire,
De qui vous entendrez ce repart complaisant,
Qu'il quitte le butin pour prendre le present.
Le Senat & le Peuple également aspirent
Au repos, c'est l'obiet pour lequel ils souspirent;
Et par quelque moyen qu'ils soient tous satisfaits,
Sans regarder la cause, ils ayment les effets.
Ie croy que ce conseil à de grands aduantages.

R O M I L D E.

Cliante il est certain ie le tiens des plus sages.
Et ie sens ma raison s'accorder auec luy,
Et par vn doux espoir moderer mon ennuy.
Ha qu'il est bien aisé de triompher d'vne ame
Par les bréches que fait vne amoureuse flâme.
Va donc voir Agilulfe, & sçache adroitement
S'il se met en état de partir promptement.
Dis luy que la douleur me tient presque pamée,
Que ie meurs dans mon lict comme luy dans
　　l'armée.
I'attendray ton retour.

C L I A N T E.

CLIANTE.

Madame i'y vay donc.

ROMILDE Seule.

L'amour met mon honneur en vn triste abandon,
Et ma raison reuient former vne querelle,
Reprochant à mon cœur qu'il se rend infidele;
L'vne flatte mon ame, & l'autre a des efforts,
Qui me font ressentir mille iustes remords;
Et ie me sens icy d'autant plus affligée,
Que le suiet est grand qui me tient partagée.
La victoire balance, & ie sens que mon cœur,
Apprehende vn Payen, & desire vn vainqueur.
Mais enfin la raison doit ceder à ma flamme,
Et méme autoriser le dessein de mon ame;
Puisque sous le manteau d'vn horrible attentat,
Ie porte le beau feu qui doit purger l'état.
L'amour n'est pas toûiours imprudent, & folatre,
Peut-estre qu'épousant ce charmant Idolatre,
Ma flame seruira d'vn illustre flambeau,
Pour éclairer les yeux d'vn aueugle si beau.
L'Angleterre autresfois, la Pologne, & la France,
Ont connu que mon sexe à beaucoup de puissance,
Pour mettre dans l'esprit & d'vn Prince, &
  d'vn Roy,
Le parfait sentiment de la parfaite loy.
Ton retour est bien prompt.

SCENE V.

CLIANTE, ROMILDE, CLIANTE.

Mais la nouuelle est bonne.
Le Prince vostre époux va combattre en personne.
Il est desia sur mer , & Dorante le suit.

ROMILDE.

Dorante qui le sert est celuy qui me nuit.
Luy seul par sa valeur pourra mettre en deroute
Les plus fiers combattans, & mon dessein en doute.
Ouy Cliante ie crains que sa rare valeur,
Luy donnant la victoire augmente mon malheur.

CLIANTE.

Il est vray que l'amour est à ce point sensible,
Qu'il se laisse toucher d'vne chose impossible.
Mais Madame croyez que Cajan est si fort.
Qu'ils ne vont pas combattre ains attendre la
mort.

ROMILDE.

Mais est-il bien certain qu'ils ayent desia fait
voile ?

CLIANTE.

La nuict n'aura si tost plié sa sombre toile,
Et l'humble element reuestu la clarté,
Que leur triste trépas vous sera raporté.
Il n'est point de rocher qui n'eut ietté des larmes
Voyant Olympe enuain employer tous ses charmes,
Pour empescher son pere & son amant d'aller

Au

Au trépas où desia le vent les fait voler.
Ils ont fermé le cœur à toute autre tendresse,
Qu'à celle d'acheuer vn dessein qui les presse.
Olympe reste au port, & des yeux seulement,
Suit ceux que son amour ne peut suiure autrement
Les Senateurs y sont, le peuple tout en larmes,
Accompagne de cris ceux qui portent les armes,
L'vn pleure ses enfans, vn autre ses nepueux,
Et tous en general remplissent l'air de vœux.
Madame en peu de mot, voyla ce qui se passe
D'Agilulfe & Dorante, il faut que le Ciel fasse
Vn miracle aussi grand que d'animer vn mort,
Pour faire qu'aucun deux puisse reuoir le port.

ROMILDE.

Allons nous retirer, attendant que l'issuë,
Fauorise l'ardeur que mon ame à conceuë.

Fin du premier Acte.

B 5

ACTE II.

SCENE PREMIERE.

OLYMPE CLIANTE.

OLYMPE.

EN VAIN m'ont-ils traittée auec tant de
rigueur;
Et malgré qu'ils en ayent ils ont mené mon cœur;
Ainsi quoy qu'ils ayent crû m'auoir abandonnée,
Ie suis pourtant, ie suis auec eux dans l'armée.
Helas vit-on pourtant vn sort plus rigoureux.
Dorante m'abandonne & croit estre amoureux.
Agilulfe me quitte, & croit estre mon pere !
Peut-on voir icy bas vn destin plus seuere.
Quel seroit l'esprit fort qui ne feut abatu,
Et dont le desespoir ne feut vne vertu !
Encor si ma disgrace à nulle autre seconde,
Me prennant ce que i'ay de plus cher dans le
monde,
Par cette grande perte acheuoit mes malheurs,
Le temps pourroit enfin apaiser mes douleurs.
Mais comme si le Ciel n'estoit rien que seuere,
Menaçant mon honneur, & celuy de ma mere,
Aussi bien que celuy de nos sacrez Autels,

Il

Il fera que mes maux deuiennent immortels.
Mais quoy nos volontez maistreſſes d'elles
    mémes,
Peuuent nous degager des maux les plus extrémes;
Et le Ciel rigoureux ne veut pas que ſes loix
M'obligent à mourir vn million de fois.
Il ſe contentera d'vne mort volontaire,
Par qui ie pourray ſuiure & Dorante, & mon
    pere.
Ce rare batiment ou châcun voit aſſez
Les richeſſes & l'Art de dix ſiecles paſſez,
Et ces ſuperbes Tours qui ſembloient eternelles,
Que la flâme abatra comme nids d'arondeles,
Nos canaux pleins du ſang du Citoyen vaincu,
Et de tant d'innocens qui n'ont encor vécu,
Bref ces ſacres Autels l'ornement de Veniſe,
Perdant tout leur éclat auec que leur franchiſe,
Sous vn bras que l'Enfer armera de rigueur,
Et qui mettra ſa gloire à leur fermer le cœur,
Ne forceront-ils pas ma Chreſtienne conſtance,
D'échapper par la mort à tant de violence.
Pardon puiſſant moteur de terre & des cieux,
Ma vie vn ſupplice vn peu trop odieux.

CLIANTE.

Puiſque vous connoiſſez d'où vient noſtre tempeſte,
Eſperez que le Ciel ſauuera voſtre teſte.
Il eſt aſſez puiſſant pour appaiſer les flots,
Qu'il ſoûleue luy-méme treuue dónc des ſanglots
Et de pleurs qui ne font que groſſir vn orage,
Contre qui la vertu doit auoir du courage.
Vn cœur vrayement Chreſtien eſt touſiours
    aſſeuré,

                                    Et

Et voit apres l'orage vn calme defiré.

OLYMPE

Tu t'efforces en vain de confoler mon ame ;
Ie ne crains pas les flots puifque ie les reclame.
La tempefte eft au point que pour la furmonter
La raifon me conuie à m'y precipiter.
Soldat d'où venez-vous ?

SCENE II.

SOLDAT, OLIMPE, CLIANTE.

SOLDAT.

IE vient de voir Madame,
Tous nos triftes vaiffeaux plains de fang, & de
    flame.
Le maffacre eft fi grand que la rigueur du fort,
Repend de tous coftez les horreurs de la mort.
L'Idolatre a defait noftre petite armée,
Comme fait vn Geant qui combat vn Pigmée,

OLYMPE

Qu'eft deuenu mon pere ?

SOLDAT.

    Helas ! il eft perdu.

OLYMPE

Et comment ?

SOLDAT.

    Son vaiffeau s'eft le premier rendu.
Car comme il veut donner en tefte de l'armée,

                                Celle

Celle de l'ennemy feint d'en estre allarmée,
Et le reçoit se semble auec beaucoup de peur.
Le Prince encouragé redouble son ardeur,
Il s'auance, il se mesle ; & soudain cent galeres
Cernent tous nos vaisseaux.

OLYMPE.

O Ciel qui le toleres.
Que tes secrets sont grands !

SOLDAT.

Et pour nous abîmer,
Battent de leurs corsiers, & font trembler la mer.
Le Ciel s'en épouuante, & craint que le tonnerre
Qui se forme chez luy se forme encor en terre.
Les cris des combatans, & l'éclat des canons,
Rompent en peu de temps l'ordre que nous tenons.
Alors les ennemis nous pressent, nous approchent,
Et pour nous acheuer enfin il nous acrochent,
Sautent dans nous vaisseaux qui sont desia brizés.
Les soldats qui sont morts, (plûtost martyrizés)
Sont iettez dans la mer trois à trois, quatre à
      quatre,
Par les bras inhumains de ce fier Idolatre.
Et ceux qui n'ont encor ressenty sa rigueur,
S'ils n'ont perdu la vie ils ont perdu le cœur,
Et sous un bras vainqueur qui redouble sa rage,
Offrent à ce barbare un sujet de carnage,
Le Prince seulement par sa rare vertu,
Dorante à ses costez, n'est encor abbatu ;
Et dans cette fatale, & tragyque aduenture.
S'il perd cent fois l'espoir cent fois il se r'asseure ;
Mais enfin sa couleur apres cent beaux efforts,

                              Ne

Ne le peut empefcher d'eftre au nombre des
morts.

OLYMPE.

Ha c'eft trop ! parle-moy maintenant de Dorante.

SOLDAT.

Il me faudroit (Madame) vne langue eloquente
Pour dire fa valeur, on la veu le dern er
Succomber à la force , & refter prifonnier.
Caian le tient captif, ce barbare l'enchéne ,
Comme illuftre témoin de fa rage inhumaine;
Où plûtoft pour auoir defia laffé fes bras ,
Sur tant & tant de corps qu'il a mis au trépas,

OLYMPE.

La Princeffe fçait-elle vt fort fi deplorable.

SOLDAT.

Elle en a par ma bouche vn raport veritable.

OLYMPE.

Helas ! que fera-elle ! helas ! que ferons-nous,
Si le Ciel pour nous perdre epuife fon courroux!
Acheue donc ô Ciel , & d'vn bras fauorable,
Monftre que tu n'es pas du tout inexorable.

CLIANTE.

Ha voicy la Princeffe.

SCENE

SCENE III.

ROMILDE, VN SENATEVR,
OLYMPE, CLIANTE,
ROMILDE.

HElas ! ô Ciel faut-il
Que le Chrestien succombe au pouuoir d'vn
   Gentil !
Olympe auez vous sçeu la funeste nouuelle.
Le Ciel eut-il iamais vne main si cruelle.
O barbare rigueur ! étrange cruauté !
Pour qui d'vn coup fatal tout espoir m'est osté.
Ha ma fille !

       OLYMPE.
   Ha ma mere !

      ROMILDE.

         Ha Ciel inexorable,
Fis-tu iamais vn mal à mon mal comparable !
Les Payens, les Tyrans sont dont tes fauoris !
Tu leur laisses saisir nos biens, & nos maris ;
Et tu veux donc conduire auec vn bras complice,
Les meschans au triomphe, & les bons au supplice !
Mais ce n'est pas assez de me prendre auiourd'huy,
L'Objet de mon amour, l'espoir de mon appuy ;
Acheue ô Ciel acheue, & d'vn coup de tonnerre,
Prends pitié de ce cœur qui n'est plus sur la terre.
M'ayant rauy l'objet de chaste amitié,
Ne me laisse pas viure en insecte à moitié.
Quoy tu ne tonnes pas! mes douleurs sans pareilles,
N'ont pas assez de voix pour fraper tes oreilles !

                    Au

Au moins ouure tes yeux : mais quoy ie fais le
　choix,
D'vn aueugle à mon mal, & d'vn sourd à ma
　voix !

S E N A T E V R.

Madame ce transport est à ce point extréme,
Qu'il choque (pardonnez) l'ordonnance supréme.

R O M I L D E.

Il flatte ma douleur, & si i'ay quelque tort,
C'est de ne sentir pas vn assez grand transport.

S E N A T E V R.

Le Ciel que vous nommez autheur de vostre perte,
A pour guerir vos maux la main assez experte.
Il a quand il luy plait d'assez puissans ressors,
Pour flatter nos esprits quand il frappe nos corps.
Ouy par le méme bras qui semble nous détruire,
Il nous pourra (Madame) heureusement conduire.
La mort méme est toûiours à ses plus grands amis,
La porte du bon-heur qu'on sçait qu'il a promis.

R O M I L D E.

Il sera donc permis à ma douleur trop forte,
De frapper & d'ouurir vne si belle porte.

S E N A T E V R.

Luy seul en est le maistre, & n'appartiét qu'à luy,
D'en faire l'ouuerture, & nous sortir d'ennuy.
Suiuez le mouuement de sa haute conduite,
Dorante est plein de vie, il peut prendre la fuite,
Et peut-estre qu'vn iour cét indomptable cœur,
Fauorisé du Ciel abattra son vainqueur.

R O M I L D E.

Ha c'est trop me flatter ! mais tant plus on me
　flatte,

　　　　　　　　　　　　　　　　　　Et

Et plus ie sens qu'il faut que ma colere éclatte
Le Ciel sçait ma douleur, & ne s'offence pas,
Qu'vn mal si violent reclame le trépas.
Allons Olympe allons où la douleur m'emporte.

CLIANTE.

O Ciel prenrez pitié d'vne douleur si forte.

SENATEVR seul.

Elle a quelque raison de n'auoir plus de cœur,
Sous le bras furieux d'vn barbare vainqueur;
Et ie ne doute pas que l'ame la plus forte,
Ne succombat enfin au mal qui la transporte.
Ie veux pourtant ô Ciel obeïr à tes loix,
S'il faut mourir, mourons vn million de fois.
Quel Estat florissant, & qu'elle Republique,
Ne fait quand tu le veux vne cheute Tragique.
Non, il n'en fut iamais qui ne nous ayt fait
      voir,
Que contre ta puissance il n'est point de pouuoir
L'Assirien, le Grec, le Persan, le Chaldée,
Sçauent quelle est ta main quand elle est debandée.
L'Egyptien, le Mede, & le braue Romain,
Ont autresfois esté comme vn joüet en ta main.
Venise ne peut donc éuiter ta colere.
Tu nous perds par vn bras que ta hayne tolere,
Afin qu'ayant batu tes propres heriters,
Tu iettes dans le feu les bâtons tous entiers.
Oüy ie croy que tu veux pour mieux punir ce
      traistre,
Qu'il triomphe de nous, & s'en rende le maistre,
Afin de le surprendre au fort de son orgueil,
Et d'vn Thrône vsurpé le ietter au cercueil.
Que fait donc la Princesse ?

C

SCENE IV.

CAPITAINE des Gardes SENATEVR.

CAPITAINE.

Elle est vn peu remise.
Et minute vn moyen de guarentir Venise.
Elle m'a commandé d'aller diligemment
Querir son Secretaire, & vous pareillement.
Il vous plairra Seigneur de vous rendre auprez
d'elle.

SENATEVR seul.

Elle peut commander son seruiteur fidele,
Mais enuain pense-elle adoucir nostre sort.
Enuain dans cét orage elle cherche le port.
Nous auons prouoqué la colere Diuine,
Qui ne s'appaisera que par nostre ruine.
Le seul bien qui nous reste en nos maux infinis,
Est celuy de nous voir parfaitement vnis;
Nous sommes resolus de laisser dans l'Histoire,
Qu'vn bras qui nous perdit releua nostre gloire.
L'objet de nostre mort nous rendra triomphans,
Les femmes combattront, & les petits enfans;
Et le Ciel qui nous perd luy-mesme nous attire,
Par les puissans appas d'vn glorieux Martyre.
Pour moy quoy que ie tienne vn assez noble rang,

Ie veux sur vne breche épancher tout mon sang.
Mourir sous les efforts d'vn ennemy barbare ;
Et c'est à ce bon-heur que châcun se prepare.

SCENE V.

SECRETAIRE, SENATEVR.

SENATEVR.

Noble appuy du public nous sommes donc
perdus.
SECRETAIRE.
Perdus, c'est peu, sçachez que nous sommes
vendus,
SENATEVR.
Vendus ! ce mot me met en d'estranges allarmes.
Venise ne sçauroit perir que par les armes.
Et qui peut nous trahir !
SECRETAIRE.
Qui, celle qui pour nous
Deuroit méme mourir, Romilde.
SENATEVR.
Expliquez - vous.
Ie ne vous comprend pas, dites donc ie vous prie
Par quelle thraison doit perir la patrie.
SECRETAIRE.
Cliante auec Olympe estoient en vn recoin,
D'où i'estois assez prés quoy qu'on me creut plus
loin ;
Quand voicy que i'entends la perfide sui uante,

Qui luy dit que l'on penſe à deliurer Dorante ;
Que Romilde a deſia le Tyran pour époux.
Que cét hymen rendra noſtre deſtin plus doux.

SENATEVR.

Il faut plûtoſt mourir que penſer à nous rendre.

SECRETAIRE.

Acheuez d'écouter ce que ie viens d'entendre.
Olympe proteſtant de n'ouurir pas ſon ſein,
A ce lâche, perfide, & mal-heureux deſſein,
Cliante à reparty Madame cette affaire,
Eſt reduite à tel point qu'on ne peut la defaire :
Que tout eſt diſpoſé, que la garde des meurs,
Eſt preſte à receuoir les Barbares vainqueurs :
Que les Officiers à force de piſtolles,
Ont preſque tous donné leur perfides parolles ;
Et que deſia la lettre eſt eſcrite, en vn mot
Que l'infame Tyran doit entrer au plûtoſt.
En voyla bien aſſez pour vous faire comprendre
Toute la trahiſon.

SENATEVR.

Ha ! que viens-ie d'entendre !

SECRETAIRE.

Ie me ſuis retiré de peur d'eſtre apperceu,
Auec ce deplaiſir que d'en auoir trop ſçeu.
Et voulant vous venir conſulter, Theodoſe
M'a dit d'aller treuuer Romilde, qui repoſe
(Dit il) mais qui me veut parler à ſon reueil.

SENATEVR.

Funeſte trhaiſon ! deſordre nompareil !
Helas tout à l'inſtant le meſme Theodoſe,
En paſſant par icy ma dit la meſme choſe.
Mais allons hardiment, Seigneur, allons le
voir.   Faiſons

Faisons que sa raison connoisse son deuoir.
Defendons la Patrie, & d'vn conseil plus sage,
Opposons nostre zele aux effets de sa rage.
Nostre silence icy pourroit estre suspect.
Pour le bien du public on perd iusqu'au respect.

SECRETAIRE.

Allons (Seigneurs) allons, & d'vn cœur heroïque,
Mourons, hazardons tout pour la cause pu-
    blique.
Vostre esprit est prudent pour treuuer les moyens,
Qui nous feront agir en parfaits Citoyens
Le courage, & l'audace en semblables affaires,
Ont esté de tout temps des vertus necessaires.

SCENE VI.

VN CAPITAINE Armé, SENATEVR, SECRETAIRE.

CAPITAINE.

L E Ciel conduit mes pas, quoy que trop mal-
    heureux.
Et ie vous ay treuuez fort à propos tous deux.

SENATEVR.

Helas! nous ne sçaurions maintenant vous en-
    tendre.

CAPITAINE.

Ie ne puis differer, Romilde veut se rendre.
Et c'est ce qui m'ameine hastiuement vers vous.

CAIAN

SENATEVR.

Nous le sçauons desia, comment le sçauez vous?

CAPITAINE.

Des-ia i'estois armé : i'allois monter la garde ;
Quand l'ordre vient à moy-disant que ie retardᵉ.
I'en demande la cause, on dit que les majors
Ne veulent rien changer ny dedans ny dehors,
Iusques qu'ils ayent receu l'ordre de la Princesse,
Moy qui pour le public puissamment m'interesse
Ie m'aduance escorté de quatre vingts soldats,
Tous gens dont ie me fie aux plus rudes combats.
I'hurte au Palais, on dit qu'on n'ouure point la
  porte.
I'insiste on me repousse, & toute mon escorte.
Méme on tire sur nous, & six de mes soldats
Par cette thraison ont esté mis à bas.
Ignorant le sujet d'vn traittement farouche,
L'interest du public....

SENATEVR.

                  Cét interest nous touche.
Ne perdons pas le temps en discours superflus.
Allons voir la Princesse, & ne retardons plus.

SCENE

SCENE VII.

CAPITAINE des Gardes de Romilde
autrement THEODOZE, SENATEVR,
SECRETAIRE , CAPITAINE
de la ville.

THEODOZE

IE vous treuue à propos tous deux, car la Princeſſe
Vous veut communiquer vn deſſein qui la preſſe.

SENATEVR.

Helas ! nous y courons.

THEODOZE.

Retardez vn moment.
On n'entre plus ſans moy dans ſon appartement,
La garde eſt redoublée, elle a peur de ſurpriſe.

SENATEVR voulant entrer.

Vous ſçauez bien le rang que ie tiens dans
Veniſe.

THEODOSE.

Si vous vous approchez on vous va canarder.
Attendez vn moment, ie ne veux pas tarder.

SENATEVR au Secretaire.

La méchante Princeſſe ! ha l'ingrate, & perfide!
Ie croy qu'elle a le cœur plus traiſtre que timide.
Attendons vn moment , il ne faut s'expoſer ;
Conſeruons noſtre vie afin de plus oſer.

SECRTAIRE.

Que ce retardement va choquer noſtre zele.

CAIAN

Ha! mechante Romilde! ha Princesse cruelle!
Perfide à tes sujets, à nos sacrez Autels!
O Ciel vous la souffrez au sejour des mortels,
Ainsi que nous voyons les Serpens, les Viperes.
Mais il sera permis à nos iustes coleres,
D'écrazer sous nos pieds ce monstre feminin,
Ainsi que l'on écraze vn corps plein de venin.
Ie ne suis pas d'aduis d'attendre Theodose.
Pour le bien du public il n'est rien que ie n'oze.
Mon zele impatient ne sçauroit tant tarder.
Allons pere du peuple allons tout hazarder.
Soustenons les sujets.

SENATEVR.
     Attendons ie vous prie.
Nous ne pourrons plus rien si nous perdons la vie.
Vn conseil ne doit pas estre precipité.
On ne doit hazarder que dans l'extremité.
Vn peuple debordé comme vn torrent rapide,
Se rependant par tout ne connoit plus de guide.
Il court aueuglement, pouuant tout ozer,
Il nourrit le desordre au lieu de l'apaiser.
Peut-estre pourrons-nous remettre la Princesse.

SECRETAIRE.
Il est vray, mais voyez que le danger nous presse,

CAPITAINE.
Peut-estre Theodose est venu tout exprés,
Pour rompre vos desseins, courons plûtost apres;
Pressons-le de venir nous conduire luy mesme.
Mais le voicy.

            SCENE

SCENE VIII.

THEODOSE, SENATEVR, SECRETAIRE, CAPITAINE.

THEODOSE.

IE viens en diligence extréme.
Vous conduire (Seigneur) iusqu'à l'apartement
De la Princesse.

SENATEVR.

Allons, & faisons promptement

THEODOSE   Au Capitaine de ville.

Non, vous ne pouuez pas entrer par cette porte.

CAPITAINE   Seul.

Ie vay donc promptement reioindre mon escorte.
Ramasser mes amis, dire aux Venitiens,
Qu'il faut que le Payen les treuue bons chrestiens.

Fin du second Acte.

C 5

ACTE III.

SCENE I.

ROMILDE, SENATEVR
SECRETAIRE, CLIANTE,
dans la chambre de Romilde.

ROMILDE.

E s *Cieux dont les bontez au plus fort de*
  l'orage,
M'ont donné du conseil autant que du courage,
Inspirent à mon ame vn si iuste dessein,
Que ie croy que vos cœurs me donneront la main.

SENATEVR.

Madame, quel dessein ?

ROMILDE.

  Vne paix fauorable.

SENATEVR.

Ce bien est fort charmant , il est fort desirable.
Mais qu'elle paix ?

ROMILDE.

  Ie rends Venise.

SENATEVR.

  Iustes Cieux,
  Pouuez

Pouuez vous bien auoir ce dessein odieux !
Nous pensons à mourir & non pas à nous rendre.

ROMILDE.

Quoy mon plus confident refuse de m'entendre !
Ie veux penser à viure, non pas à mourir.
C'est l'vnique moyen qui nous peut secourir.
Et vous, que ie croyois mon ange tutelaire,
Et le pere du peuple, ozez-vous me deplaire.
C'est pour sauuer Venise.

SENATEVR.

Ha ! c'est pour l'acheuer.
Madame vos suiets qui se vont soûleuer,
D'vn zele plus chrestien quoy qu'il vous soit con-
traire.
Attend sur vne breche vn trespas volontaire.
Et c'est en vn sanglant & temeraire assaut
Que nous attendôs tous quelque secours d'enhaut.
C'est vne lâcheté plustot qu'vne prudence,
De rendre ce qui peut faire encor' resistance.
Puisque nous perdons tout il faut tout hazarder.

ROMILDE.

Vous deuez obeïr, & ie puis commander.

SENATEVR.

Icy l'authorité trahit vostre noblesse.

ROMILDE.

Taisez-vous insolent, vostre discours me blesse.
Vous, ayés ayés de prudêce, & parlés mieux que luy.

SECRETAIRE.

Madame ie croyrois vous trahyr auiourd'huy,
Si ie ne vous disois qu'vn dessein est blâmable,
Alors que tout vn peuple en deuient miserable.
Faites que vostre zele écoute nos raisons.

Regardez

Regardez nos Autels, regardez nos maisons :
Montrez que le malheur enfle voſtre courage,
Et ſurmontez les flots par vn noble naufrage.
C'eſt le plus ſeur moyen que vous puiſſiez auoir,
Pour garder dans Veniſe vn illuſtre pouuoir.
Portez plus de reſpeʱ au ſang qui vous honore ;
Regardez vn Lyon qui n'eʱ pas mort encore ;
Il rugit, & rougit que des Lieures fuyards,
Viennent auprez de luy noircir nos eʱandars.
N'oʱez pas ie vous prie, à la noble Veniſe,
Le titre glorieux de rempart de l'Egliſe.
Conſeruez les Autels, vos eʱats, voſtre honneur.

ROMILDE.

Ie les conſerueray mieux que toy, vieux rêueur.
Vn article ſecret que ie ne puis pas dire ...

SENATEVR.

Nous le ſçauons deſia, mais l'enfer vous l'inʃpire.

ROMILDE.

Me reconnois-tu bien ?

SENATEVR.

Ie ne vous connois plus.

ROMILDE.

Auſſi l'âge deſia rend tes eʃprits perclus.
Mais ie veux me montrer enuers vous plus ſensée,
Et quoy que vous n'ayez grandement offensée ;
Que vous ayez paru moins ſages qu'effrontez,
Ie veux que vous voyez l'effet de mes bontez.
Ie vous veux decouurir ....

SENATEVR.

Nous ſçauons ....

ROMILDE.

Temeraire.

C'eʃt

C'eſt à moy de parler, & de te faire taire.
Ie vois par vos diſcours que ie tiens inſolens,
Que vos membres caſſez ont d'eſpris violents ;
Et puiſque vous auez en cette conference,
Tant de temerité ; ſi peu de deference,
Sortez d'icy.

SENATEVR.

Deſia nous tardions trop tous deus.
Souuenez-vous qu'vn peuple eſt aſſez hazardeux.

ROMILDE   à Cliante.

Sans doutte ils ont deſſein de ſoûleuer la ville;
Mais le peuple n'a plus qu'vne force inutile,
Et ie croy qu'il ſera grandement eſtonné,
Quand il ne pourra rien contre l'ordre donné.
Cajan tarde pourtant de reſpondre à ma lettre.
Cliante qu'en crois-tu? que m'en dois ie promettre?

CLIANTE.

Que vous verrez bien-toſt ce Prince auprés de
    vous.
Trop heureux (dira-il) d'embraſſer vos genoux.
L'attaque de Veniſe eſt encor dangereuſe :
Voſtre lettre (Madame) eſt beaucoup amoureuſe :
Voſtre rare merite auec vos qualitez,
Dont l'éclat eſt ſi grand par vos grandes beautés,
Obligeront ce Prince (eut-il l'ame farouche)
De ne donner l'aſſaut qu'à voſtre illuſtre couche.
Il mettra ſon honneur à ſe voir voſtre eſpoux,
Ne ſe defendant plus à vos aymables coups.
Il n'aura ſi toſt leu voſtre obligeante lettre,
Qu'il ſera voſtre eſclaue & non pas voſtre maiſtre.
Auec trois de vos doigts vous vaincrez vn vain-
    queur,

                              Et

Et vos yeux à vos pieds regarderont son cœur.

R O M I L D E.

Il est vray tes discours ont beaucoup d'avparence.
Mais ma langueur s'acroit auecq mon esperance.
Ie vois venir quelqu'vn.

C L I A N T E.

　　　　　　　Sans doute son Heraut.

S C E N E   III.

H E R A V T, R O M I L D E, C L I A N T E,

H E R A V T.

PRincesse en qui le Ciel ne voit aucun defaut,
Beauté qui confondés tout l'Art de la peinture,
Beau chef-d'œuure des Dieux comme de la nature;
Mon Roy n'a pas si tost entendu vos desirs,
Qu'on l'a veu vous respondre auec mille souspirs,
N'aspirant qu'à baisser ses triomphantes armes,
Sous l'effort glorieux de vos aymables charmes.
C'est ce que par ma bouche il vous dit à genoux.
Sa lettre parle mieux.

R O M I L D E.

　　　　　　　De grace leuez vous.
Ie reçois de vos mains vn si precieux gage,
Fendant que vostre maistre à mon cœur pour
　　ostage.
Mais qu'est ce qui le peut maintenant retenir,
Et pourquoy tarde-il si long-temps à venir.

H E R A V T.

Il est desia party dans son plus beau nauire.

　　　　　　　　　　　　Vostre

Vostre rare merite est l'ayman qui l'attire.
Vous le verrez icy (Madame) en peu de temps.
Et ie vay le reioindre.

ROMILDE.

Allez donc , ie l'attends.
Allons au port , Cliante , il me semble trop iuste,
Que ie coure au deuant de ce Monarque auguste.

CLIANTE.

Ne sortez pas (Madame) agissez prudemment ;
Craignez auec raison quelque soûlenement.
Il en sera content (puisqu'a ce que i'estime)
Estant grand politique il sçait cette maxime.

ROMILDE.

Lisons donc cette lettre , & voyons toutes deux,
Si sa royale main à sceu peindre ses feux.

Lettre de Cajan.

Le deuoir qui me presse, & l'ardeur qui m'enflame,
Vont mettre auec mon cœur mon sceptre à vos
    genoux,
Auec tant de plaisir que ie iure Madame,
Quand ie serois vn Dieu que ie suis vostre époux.

Fin de la lettre.

Cette lettre est charmante, & me permet de croyre,
Que i'ay sur ce vainqueur vne heureuse victoire.

SCENE IV.

OLYMPE, ROMILDE, CLIANTE,

ROMILDE.

O Lympe que dis tu de mes puissans ressorts ?

OLYMPE.

CAIAN

OLYMPE.

Mon mal interieur paroit trop au dehors.
Vous lisez mes douleurs sur mon triste visage,
Madame, sans qu'il soit besoin d'autre langage.

ROMILDE.

Vos pleurs sont superflus, méme indignes de vous,
Vous pleurez quand ie pense à vous rendre vn
espoux.

OLYMPE.

Souffrez à ma douleur ce trop foible remede.

ROMILDE.

Mais vous, souffrez plustot que la raison vous
ayde.
Pensez au doux plaisir de vos chastes amours.

OLYMPE.

Mes feux & ma raison s'accorderont toûiours;
Et quelque doux que soit le fruit du mariage,
Mon cœur sçait renoncer à son propre aduantage,
Quand la raison s'oppose à l'ardeur de mes feux,
Qui ne firent iamais que de licites vœux.

ROMILDE.

Quoy! vous estes cruele à l'endroit de Dorante!
Parce qu'il est captif estes-vous inconstante!
Et ses perfections ont elles merité,
Que vous n'ouuriez le cœur qu'à sa prosperité!
L'amour, & le deuoir ioint au poids de mon âge,
Vous doiuent imprimer vn sentiment plus sage.
Et vostre ieune esprit doit suiure aueuglement,
Le vouloir d'vne mere, & le bien d'vn amant.

OLYMPE.

Le respect que mon cœur garde pour vous, Madame,

Et

Et les feux innocens qui brûlent dans mon ame,
Ont tousiours fait sur may de si iustes efforts,
Qu'ils me suiuent par tout comme l'ombre le
    corps.
Mais le Ciel s'interesse en cette conjoncture,
Et la grace peut plus que non pas la Nature.
Que faisons nous Olympe ? à quoy nous rendons
    nous.
Me faut-il par vn crime acquerir vn époux !
Et dois-ie deuenir infidele à l'Eglise,
Ou cruele à Dorante, ou traistresse à Keniffe !
Helas ! que dois-ie faire ô grand Dieu des
    mortels ?
Ie crain pour mon amant, ie crains pour tes
    Autels.
Et vous, Madame, & vous craignez (ie vous
    coniure)
Qu'vn Tyran, qu'vn Payen ne foit encor pariure.

ROMILDE.

Auez vous acheué vos discours enfantins.
Et m'asez vous tenir des discours si mutins

OLYMPE.

Ce que ie puis penser ie puis tousiours le dire.
Et la feinte Madame est mon plus grand martyre.
I'ay de l'auersion à la duplicité,
Autant que i'ay d'amour pour la simplicité.

ROMILDE.

I'excuse vne ieuneffe, & d'vn conseil de mere,
Ie pense à vostre bien sans penser à nous plaire.
Voyez donc à quel point mon esprit pense à vous.
Si i'épouse Caian Dorante est vostre époux.
Apres tant de malheurs ie vous rendray comente,

BIBLIOTHEQUE DE L'ARSENAL

D

Olympe, s'il est vray que vous aymiez Dorante.
I'ay desia sa parole, & vous ne deuez plus.
Affliger vostre esprit de regrets superflus.
Et puisque la vertu vous a si bien instruite,
Pour la suiure suiuez ma prudente conduite.
Ne vous estonnez pas de voir si tost tary,
Le deluge des pleurs qu'attendoit vn mary.
Son ame dans les Cieux hautement fortunée,
Appreune auec l'Eglise vn second hymenée.
La mort qui nous separe à rompu nos liens;
Et si mes interests sont encores les siens,
Il doit estre content du bon-heur de sa femme.
Voyla les sentimens que doit auoir vostre ame.
Et tout autre discours blessant vostre denoir
Choque vostre naissance auecque mon pouuoir.

OLYMPE.

Souffrez encor vn mot pourueu qu'il ne vous fache.

ROMILDE.

Parlez.

OLYMPE.

Helas ie crains que faisant vne tache.

ROMILDE.

Quelle tache !

OLYMPE.

Pardon à mon affliction,
Ie parle seulement de la religion.
Elle pourra perir sous des erreurs payennes,
Qui voudront étoufer toutes nos loix chrestiennes,
Venise veut combatre, & tous ses habitans,
Voulant mourir martyrs veulent mourir contents,
Et posposer l'horreur & du fer & des flames,
A la foy que le Ciel a graué dans leurs ames.

L'éclat

L'éclat de ce beau feu qui brûle dans leurs cœurs,
Peut-estre eblouyra ces barbares vainqueurs ;
Pardonnez s'il vous plait au zele qui me presse.
Ie dois m'interesser ou le Ciel s'interesse.

ROMILDE.

Vostre raisonnement ne conclut que pour moy.
Si i'epouse Cajan il epouse ma foy,
Et ie puis me promettre en qualité de femme,
Que ie seray maistresse, & du corps & de l'ame.

OLYMPE.

Vous supposez (Madame) vne ciuilité
Qui ne s'accorde guiere auec l'hostilité.
Il voudra que la force emporte la foiblesse ;
Et comme l'interest est le dard qui le blesse,
Possedant vostre ville il se verra gueri,
Et sera plus tyran quand il sera mary.

ROMILDE.

Tant de raisonnemens preuuent vostre impru-
    dence ;
Et ie dois condamner vostre langue au silence.

OLYMPE.

Pour vous mieux obeir ie me vay retirer.

ROMILDE.

Non, soyez prés de moy, mais sans plus soûpirer.
I'attendray ce beau Prince, & vous faites qu'il voye
Sur vostre front serain le comble de la ioye.
Ce n'est pas en pleurant qu'on accueille vn soleil.
Pensez à ce bon-heur qui sera sans pareil,
Quand il aura donné… mais i'entends les tropetes.
Il entre, aduançons-nous, & soyons toutes prêtes,
Pour presenter nos cœurs à ce grand conquerant.
Mais le voyci luy-méme ! helas il me surprend !

SCENE V.

CAIAN suiuy, & ROMILDE, OLYMPE,

ROMILDE.

PRince que mon bonheur à conduit dans Venise,
Voyez à vos genoux son illustre franchise.
Elle dit par ma bouche à vos rares bontez,
Qu'elle voit son bon-heur quand vous la surmontés.
Elle s'estime heureuse aussi bien que mon ame,
Que vous bruslez (grand Roy) d'vne si douce flâme,
Que mes malheurs passez me font trouuer plus
    doux
L'honneur que ie pretends de vous voir mon
    époux.
Vos coups cher Conquerant font vn si doux rauage
Dans mon cœur, qu'il en perd la douleur du
    vesuage,
Et iette à vos genoux l'offrande de ses vœux.

CAIAN.

Des vœux comme les tiës n'auroit pas mes adueux.
Rerside d'ont le corps cache vne ame si noire,
Ie ne puis t'embrasser qu'en étoufant ma gloire.
La loy de la nature estant morte chez toy,
Ie ne puis qu'estre iuste en te manquant de foy.
Et ta deloyauté qui donne dans l'extréme,
M'aprend qu'en pareil cas tu m'en ferois de méme.
Tu trahis tes sujets par vne lacheté,
Qui veut qu'au lieu d'amour i'vse de cruauté.
                 N'attends

N'attends donc plus de moy que la iuste vengeance
D'vn peuple d'ont ie veux honorer la vaillance.
Si i'entre dans Venise en pompe de vainqueur,
Ce n'est que pour sortir de ton infame cœur.
Car l'honneur me defend d'épouser vne infame.

ROMILDE.

Est-ce auoir de l'honeur de tromper vne femme.
Indigne de ton rang autant que de mes yeux.

CAIAN.

Qu'on oste deuant moy ce monstre audacieux.
Qu'on le fasse mourir; & qu'en mourant il sçache,
Que la mort est le prix d'vne ame noire, & lache.

ROMILDE.

Ecoute au moins tyran ce qu'vn iuste transport....

CAIAN.

Indigne de parler tu merite la mort.
Toutesfois attendez que i'inuente vn supplice,
D'ont la rigueur soit grande autant que sa malice.

ROMILDE.

Perfide c'est enuain que tu veux inuenter.
Fais moy souffrir celuy qu'on te voit meriter.

CAIAN.

Allez, & qu'on la garde, & sur tout que l'on fasse,
Bonne garde par tout, aux portes, en la place,
Par tous les carrefours, & qu'on suspende vn peu
Le meurtre, le viol, le pillage, & le feu.
Arrestés cette Dame, elle est à ce point belle,
Que ie sens dans mon cœur mille respect pour elle.
Mais pour ce rare objet qui paroit immortel,
Dois-ie dresser vn throsne ou parer vn Autel ?

On em
meine
Romil
de.

OLYMPE.

Trop indigne de l'vn i'ay du mépris pour l'autre.

CAIAN

Le fort de la Princeſſe eſt encores lenoſtre.
Tyran laiſſe moy donc aller ſuiure ſes pas,
Dans l'honneur d'vn Chreſtien & glorieux trépas.

CAIAN.

Voſtre ſort eſt plus doux adorable Princeſſe.
Vous ſerez auiourd'huy ma femme , ou ma déeſſe.
Ma femme ! qu'ay-ie dit ! l'éclat de vos beaux
*   yeux ,*
Montre que vous auez l'origine des Cieux.
Ce n'eſt que par l'effort d'vne vertu diuine ,
Qu'on peut faire icy bas qu'vne eſclaue domine.
Et ſi vous n'auez pas cette diuinité ,
Vous la meritez bien , ayant tant de beauté.
Les Dieux ne vous ont fait vn ſi noble aduantage,
Que pour entrer vn jour auec eux en partage.
Madame voyez-donc de bon œil vn heros ;
Il vous donne ſon cœur , donnez-luy le repos.
Ie iure par mes Dieux , Mars, Iupiter , Neptune,
Par celle qui me ſuit, ie dis par la Fortune,
Par tous les immortels , que mes feux innocens,
Veulent vous épouſer , ou donner de l'encens.

OLYMPE.

I'abhorre ton encens pour eſtre ta victime.
Tu fletris mon honneur quand tu m'as en eſtime.
Accable de rigueurs ces membres innocens ,
C'eſt l'encens & l'hymen à qui ſeuls ie conſens.
Ne te laſſe donc pas , acheue ton iniure,
Auec le même bras qui ta rendu pariure.
Frappe, ou me laiſſe aller dans vn de nos vaiſſeaux,
Mettre ma triſte vie à la mercy des eaux.

CAIAN.

L'onde n'auroit pour vous le reſpect de ma flâme,

Acheuez

Acheuez d'écouter les desirs de mon ame.
Et si vous vous faschez de mon humble respect,
C'est le seul mal de qui ie dois estre suspect.
Ie n'vse point icy d'aucun droit de conqueste.
Ie mets toute ma force en mon humble requeste.
Faites donc s'il vous plait que ie sçache à present,
Madame, en quoy ie puis vous estre déplaisent.

OLYMPE.

L'affligente demande ! en quoy me peux-tu plaire,
Tout rougissant du sang d'Agilulfe mon pere,
Et sortant de traitter si tyranniquement.
Celle qui m'a produite en ce bas element.
I'entends de tous costez mon illustre patrie,
Gemir sous vn tyran, de qui la perfidie,
Tient esclaue celuy qui captine mon cœur ;
Ie ne voys donc en toy que des objets d'horreur.
Tu commets des excez à ce point effroyables,
Que les plus inhumains les tiendront incroyables ;
Et pour comble d'horreur tu m'oses dire icy
En quoy tu me déplais. Iuste Ciel qu'est cecy !

CAIAN.

Romilde est vostre mere ! elle aura donc la vie.
Et vous n'entendrez plus gemir vostre patrie.
Dorante non captif sera mon fauory,
Si vous voulez (Madame) vn vainqueur pour
    mary.
Quant au Prince qui s'est precipité luy-mesme,
(Voyez vn peu, Madame, à quel point ie vous
    ayme)
Si l'on peut reparer la perte de son sang,
Par la perte du mien, ie m'ouuriray le flanc.

Heureux que pour le moins mon amour magna-
nime,
En me perdant moy-méme acquiere vostre estime,
Oüy, Madame, ie suis à ce point genereux.
Vn grand Prince fait tout quand il est amoureux.

OLYMPE.

Mais vn tyran peut-il parler auec franchise ?
Sauueras-tu ma Mere, & Dorante, & Venise?
Ioints-tu par vne infame & lâche nouueauté,
L'art de dissimuler auec la cruauté ?

CAIAN.

Madame si ie feins qu'vne brûlante foudre,
Ne fasse de mon corps qu'vne masse de poudre :
Que l'air que ie respire infecte mes poulmons :
Que Iupiter m'ennoye au sejour des demons :
Que tous les Elemens, que le Ciel & la Terre,
Se liguent pour me faire vne cruelle guerre.
Mais entrons ie vous prie, & ne refusez-pas,
Les biens que ie vous offre.

OLYMPE.

O Ciel conduis mes pas !

Fin du troisiéme Acte.

ACTE IV.

SCENE PREMIERE.

ROMILDE conduite par les Gardes.

ROMILDE.

AVDITE *passion, source de mille crimes,*
Amour sans qui le Ciel n'eust point fait les
    abysmes,
Et sans qui les carreaux d'vn bras iuste & puis-
    sant,
N'auroient presqu'icy bas qu'vn effet languissant.
Maudite passion qui m'as enfin seduite,
Ie voys bien qu'vn aueugle auoit pris ma conduite;
Mon esprit éclairé ne s'estonne donc pas,
Qu'ayant pris vn tel guide il ayt fait de faux pas.
Helas! ie vois Olympe! ha! que ie vous embrasse.
He d'où me peut venir vne si grande grace!
Si c'est du Ciel, mon cœur adore sa bonté.
Si de Cajan, helas! ie l'ay bien merité.
Car le cruel supplice où ce tyran m'enuoye,
Merite pour le moins cette derniere ioye.
Que mon cœur est rauy de pouuoir en ce lieu
Vous embrasser, & dire vn eternel adieu.
Adieu ma fille, adieu, le dernier des supplices,
Ne peut auoir pour moy que de cheres delices,

Puifque ie vous ay veuë ; & que mes maux paffez,
Seront heureufement de mon fang effacez.

SCENE II.

OLYMPE, ROMILDE.

OLYMPE.

CAjan fe rend plus doux, il vous permet de
viure.
Mais à condition.

ROMILDE.
Quelle ? la puis-je fuiure ?

OLYMPE.
Qu'il fera mon époux.

ROMILDE.
Cela me furprend fort.
Et ne m'ofte pourtant le defir de la mort.
Trop heureufe d'aller fur vn gibet infame,
Effacer de mon fang les horreurs de mon ame.
Soit que vous l'époufiez ou ne l'époufiez pas,
Mon cœur veut époufer vn aymable trépas.
L'ombre de mon mary qui fans ceffe m'approche,
Dit que ie dois mourir pour viure fans reproche.
C'eft par ce beau defir que i'ay defia conceu,
Que ie puis reparer le tort qu'il a receu.
Et toy Venife & toy que mon ame éperduë
A mechamment thraie, & lâchement renduë
Pardonne ie te prie vn aueugle tranfport,
Qui me faifoit choifir vn gouffre pour vn port.
Quoy qu'vne feule mort que le Tyran m'impofe,

Ni

Ne puiſſe ſatisfaire aux maux que ie te cauſe.
Sois neantmoins contente, & croy (ſi ie pouuois,)
Que ie voudrois mourir vn million de fois.
Adieu donc chere Olympe, adieu chere patrie.

OLYMPE.

Ma mere i'ay pouuoir de vous ſauuer la vie.

ROMILDE.

Ma fille apres les maux que mon ame à ſoufferts,
Ie me treuue plus libre au milieu de ces fers.
Laiſſez moy donc mourir.

OLYMPE.

Souffrez donc à mon ame,
Qu'elle ſe puiſſe ioindre à la voſtre (Madame)
Puiſque mon noble cœur n'a regardé que vous,
Lors que i'ay pû vouloir ce Payen pour époux.
Oüy vous voyant au bord d'vn profond precipice,
Mon cœur vous a voulu tendre vne main propiſe,
Eſtant d'ailleurs ialoux d'vne Chreſtienne Loy,
Pour mépriſer la vie, & pour garder la foy.
Mais pour donner la vie à qui me donnée,
I'ay voulu conſentir à ce triſte hymenée.

ROMILDE.

Ha! ie n'en doute pas.

OLYMPE.

Oüy, Madame, croyez
Qu'apres mille diſcours vainement employez,
Apres mille tranſports, apres mille careſſes,
Apres mille ſouſpirs, apres mille detreſſes,
Mon cœur s'eſt laiſſé vaincre à ce double motif,
De ſauuer vne Mere, & le peuple captif.

ROMILDE.

Ne veut-il faire au peuple aucun mal?

OLYMPE.

OLYMPE.

Non Madame.
Caian n'eſt plus Tyran ſi ie deuiens ſa femme.
Madame viuez donc ſi ie dois l'épouſer,
Ou mourons toutes deux ſi ie ne dois l'ozer.

ROMILDE.

Ie me rends, & le Ciel reſerue ſa victime,
Aux longueurs du tourment que i'impoſe à mon
 crime.
Vne mort eſtoit peu pour punir mes amours.
Si ie vis ce ſera pour mourir tous les iours,
Et mon crime public veut vn ſecret ſupplice,
Sous le poil heriſſé d'vn auſtere cilice ;
Eſperant d'appaiſer le trop iuſte courroux,
Du Ciel, & de Veniſe, & de mon cher époux.
Mais que deuient Dorante.

OLYMPE.

Il faut que ie m'engage,
Pour eſtre plus conſtante à deuenir volage.
Vous ſçauez à quel point ie l'ayme, & toutesfois
L'amour veut m'impoſer de ſi cruelles Loix,
Qu'il faut pour l'afranchir de ſon malheur ex-
 tréme,
Que ie feigne d'auoir d'horreur pource que i'ayme.
Helas ! pour le ſauueur il me faudra perir :
Aualer le poizon afin de le guerir ;
Et renonçant moy méme au bien que ie deſire,
Feindre vn eſprit content de ſon propre martyre.
Le Ciel veut toutesfois que i'eſpere de luy,
La force de ſoufrir vn ſi mortel ennuy.
Voicy Caian.

SCENE

SCENE III.

CAIAN, ROMILDE, OLYMPE.

CAIAN.

Rompez, Soldats, rompez ces chênes.
Madame pardonnez mes rigueurs inhumaines
Si les ardeurs de Mars m'ont causé ce transport,
Celles d'vn Dieu plus doux ont changé voſtre ſort.
Vous auez entendu ma voix par cét oracle.
Faites que vos bontez n'y mettent point d'ob-
ſtacle.

ROMILDE.

L'intereſt du public, non la peur du trépas,
Fait que ie vous pardonne, & ne refuſe pas
L'houneur que vous rendez à ma noble famille.
Ayez donc mon pardon auſſi bien que ma fille.
I'auray par elle vn bien que i'attendois de vous,
Ne ſoyez plus Tyran pour eſtre ſon époux.

CAIAN.

Ie ſeray ſeulement voſtre fidele gendre.
Ie connois mon deuoir, & ſçauray vous le vendre.
Et comme mon pouuoir eſt deſia des plus grands,
Receuant de l'honneur ie croy que ie le rends.
Et vous aymable Olympe, adorable Princeſſe,
Quand verray-je l'effet ioint à voſtre promeſſe ?

OLYMPE.

C'eſt donc du fonds du cœur que vous parlez à
moy.

CAIAN.

CAIAN.

Madame vous auez la parole d'vn Roy.
Mais ie ne suis plus Roy, vous portez ma Cou-
    ronne.
Vous possedés mon Sceptre auec que ma personne.
Et plûtost que de voir rafroidir mon amour,
Vous verrez sans rayons l'Astre qui fait le iour.
Ce beau feu dont les Dieux animent la Nature.
Sera plûtost esteint en chaque creature.
Et tous les elemens seront sans action,
Quand ie n'auray pour vous la mesme passion.
Madame ie vous ayme encor plus que moy même.
Vous ne vous aymez pas au point que ie vous
    ayme.

OLYMPE.

Que deuiendra Dorante ?
CAIAN.

                    Ha (Madame) il sera
L'appuy de mes estats, il les gouuernera.
Ie veux que son merite epuise ma puissance,
Pourueu que son amour me rende obeissance
I'ay desia commandé qu'on le desenchenat,
Qu'on le vestit en Prince, & qu'on me l'amenat
Madame voyez donc si ie puis rien plus faire.
Ie ne veux employer mon pouuoir qu'à vous
    plairre.
Entrons dans le Palais, Dorante y doit venir.
Vn Colonel m'attend qui veut m'entretenir.
A Romilde.
Madame entrés chez vous, & souffrez à ma
    flame,
                              Olympe,

Olympe, que le corps n'aille qu'apres son ame.

OLYMPE.

Ie vous obeiray : mais ie reuiendray voir
Dorante, prenenant son noble desespoir.

SCENE IV.

VN GARDE portant vn beau tonelet
à Dorante, CAIAN, ROMILDE,
OLYMPE.

GARDE.

SEigneur voicy l'habit que ie porte à Dorante.

CAIAN entrant apres Romilde, & Olympe.

Ce traittement nouueau deceura son attente.

GARDE.

Le voicy, ce grand cœur comme desesperé,
Enuisage la mort d'vn regard asseuré.
Sa demarche fait voir qu'il va vers le supplice.
Auec la grauité qu'on garde en la milice.
Tirons nous à l'ecart, écoutons le parler.

SCENE

SCENE V.

DORANTE, mené par des gardes.
GARDE,

DORANTE.

Gardes il n'est plus temps de me dissimuler.
Dites moy franchement ou le tyran m'enuoye.
Le plus rude trépas fait ma plus grande ioye.
Et mon cœur genereux enuisage la mort,
Comme dans vn orage on regarde le port.

GARDE.

De la part de mon Roy...

DORANTE.

Que faut-il que ie fasse?

GARDE.

Prenez ce noble habit.

DORANTE.

En cette même place?

GARDE.

Sans passer plus auant.

DORANTE S'abillant.

Iuste Ciel qu'est ceci!

GARDE.

Il vous faut habiller, le Roy l'ordonne ainsi.

DORANTE.

Plaisante cruauté! boufonne perfidie!
Il veut faire la farce auant la tragedie.
Quel que soit son dessein, par vn Chrestien cour-
roux,

Morguons

Morguons fa mocquerie auffi-bien que fes coups.
I'eſpere de me voir ſous ces riches dorures,
Auſſi ferme que l'or au milieu des tortures.
Oüy ie crois que l'infame & barbare vainqueur,
Verra la verité d'vn compliment mocqueur ;
Et dira forcement malgré ſon ame noire,
Qu'en me faiſant mourir il m'a couuert de gloire.
Que vois-je ! ô iuſte Ciel ! Olympe vient icy !
Venés-vous appaiſer ou croiſtre mon ſoucy ?
Vous faites tous les deux ô Princeſſe adorable.
Voſtre œil me rend heureux, & me rend miſerable.
Heureux de vous reuoir en mon dernier moment,
Mal-heureux de quitter vn objet ſi charmant.

SCENE V.

OLYMPE, DORANTE.

OLYMPE.

DOrante, le deſtin ne vous eſt plus ſeuere,
Mais à condition.

DORANTE.

Helas ! que faut-il faire ?
Non pas pour prolonger mes miſerables iours.
Mais pour auoir l'honneur de ſeruir mes amours.
Faut-il aller combattre vn geant, vne armée,
On verra ma valeur paſſer ma renommée.
Ie feray tant d'effors, que les plus grands guer-
riers,
Viendront me coronner de leurs propres lauriers.
Les Tigres, les Lyons, ſeront ſous ma furie,

Comme des Agnelets dans vne boucherie.
L'Enfer méme aura peur de mon iuste courroux;
Enfin ie vaincray tout si ie combat pour vous.
Quelle condition impose donc (Madame)
Ce perfide tyran au bon-heur de mon ame?

OLYMPE.

Ha Dorante! vaillant aussi-bien qu'amoureux.
Le sort tout à la fois m'est doux & rigoureux.

DORANTE.

Vos discours sont obscurs, & ces effets contraires,
Demandent, s'il vous plait des paroles plus claires.

OLYMPE.

Ces contraires effets s'accorderont pourtant,
Ie seray mal-heureuse, & vous serés content.

DORANTE.

Pourrois ie estre content, vous n'estant pas contente?
Vostre mal est le seul que peut sentir Dorante.

OLYMPE.

Ie me veux expliquer. Ie vous sors du trépas.
Mais helas, ie vous perds pour ne vous perdre pas.
Cajan vous rend l'honneur, & les biens, & la vie,
Si vous souffrés...

DORANTE.

He quoy?

OLYMPE.

Que ie vous fois rauie.
Pour viure donc, pour estre vn des grands de la
Cour,
Permettez à mon cœur de feindre son amour.
Il me veut épouser, & vous, souffrez ma perte,
Afin de vous sauuer.

DORANTE

DORANTE.

Si ie l'auois soufferte,
Le Ciel, le iuste Ciel me pourroit-il souffrir ?
Ie m'oppose à vous perdre, & consens à mourir.

OLYMPE.

Mourant vous me perdez, voulez-vous l'impossible.

DORANTE.

Vne ame apres la mort reste toûiours sensible.
La mienne gardera mes feux, mais vos discours,
Menassent à la fois & mes feux, & mes iours.

OLYMPE.

Deuiendrez vous cruel pour deuenir fidele ?
Ha ! ne vous flattez pas d'vne amour si cruelle.
Pensez que ce refus m'impose le trépas,
Ou i'oseray penser que vous ne m'aymez pas.

DORANTE.

L'amour que i'ay pour vous donne ma mort pour
gage.

OLYMPE.

Vostre vie en seroit vn meilleur témoignage.

DORANTE.

Helas ! c'est me traitter auec trop de rigueur,
De m'ordonner de viure, & m'arracher le cœur.
Ayez pour ce barbare vn humeur plus ciuile :
Epousez vn tyran pour sauuer vostre ville ;
C'est de vous que le Ciel à fait vn iuste choix,
Pour la faire fleurir vne seconde fois :
Mais sauuez mon amour aussi bien que Venise,
Ou i'oseray penser qu'Olympe me méprise.
Vous sauuez vostre ville en prenant vn époux,
Que ce noble motif rendra digne de vous ;

E 3

Et ſauuez mõ amour ſouffrant, ſouffrãt (Madame)
Que i'aille dans les Cieux eternifer ma flame.

OLYMPE.

Mais Dorante viuez pour tuer ma langueur.
Caian aura le corps , & vous aurez le cœur.
Et nous aymant tous deux d'vne amour chaſte,
     honneſte,
Nous ne choquerons pas la loy ſainte , & parfaite.
Au contraire nos cœurs l'accompliront bien mieux,
Puiſque c'eſt le chemin qui conduit dans les Cieux.
Si vous vous oppoſez à ma iuſte demande,
I'ay l'ame aſſez hardie , aſſez noble aſſez grande,
Pour ne ſe ſeparer de la voſtre vn moment,
Et montrer par ma mort quel eſtoit mon amant.
Non non ne penſez pas que la mort nous ſepare.
Si vous mourez ie meurs , & quitte ce barbare.

D O R A N T E.

Helas pour vous aymer faut-il donc me hayr !
Vous ſeray-ie fidele en me ſçabant trahyr !
Icy de tous coſtez le deſeſpoir me preſſe.
Si ie meurs vous mourez , ſi ie vis ie vous laiſſe.
Il me vaut mieux mourir, mais Olympe mourroit.
Il faut donc la laiſſer , cela ne ſe pourroit.   bas.
Ha c'eſt trop balancer en vn choix ou ma flame
Doit vſer d'artifice. [haut] Allons , allons (Ma-
     dame)
I'appreuue vos deſſeins. [bas] mais vn iuſte attentat
Pourra ſauuer peut-eſtre & ma flame , & l'eſtat.
Haut Ouy (Madame) il faut donc que mon cœur
     diſſimule,
Qu'il feigne d'eſtoufer vne ardeur qui le bruſle.
Le Ciel de qui les yeux percent le fonds du cœur,
                                        Appreuue

Appreuue quelque fois vn langage moqueur ;
Encor bien que ma flame ait grand su,e; de
  craindre,
Qu'elle ne puisse pas apprendre l'art de feindre.

OLYMPE.

Le Ciel peut vous l'apprendre , & le Dieu des
  Chrestiens,
Verra de fort bon œil vos desseins , & les miens.
Ie porte mon espoir à conuertir son ame,
Par le pouuoir qu'aura la qualité de femme;
Et puis encor flatter ma sainte ambition ,
De gaigner auec luy toute sa nation.
Le voicy cachez donc le feu qui vous transporte.

SCENE VII.

CAIAN, DORANTE, OLYMPE,

DORANTE.

GRand Roy ma teste est vostre , & mon cœur
  vous l'apporte.
Trop heureux qu'vn grand Prince , aussi iuste que
  fort,
Ou me laisse la vie , ou me donne la mort.

CAIAN.

L'impatient desir que i'ay dd voir Dorante,
Afin de luy iurer vne amitié constante ,
Fait que ie le preuiens , & que fermant les yeux,
Au respect que mérite vn bras victorieux,
Ie sors à sa rencontre, & l'embrasse, & le baise,

Voulant le careſſer encor plus à mon aiſe,
Lors qu'apres auoir veu l'effet de ſon deuoir,
Il verra mes faueurs épuiſer n on pouuoir.
Tu ſçais vaillant guerrier que ta mort ou ta vie,
Dependent maintenant d'vn ſeul mot que ie die.
Mais vois que ton vainqueur veut traitter auec toy,
Comme amy, comme frere, & non pas comme Roy,
Quoy que pour t'agrandir ſelon ton grand merite,
Ie confeſſe deſia ma puiſſance petite ;
C'eſt beaucoup toutesfois que ton propre vain-
    queur,
Sollicite ta grace, & demande ton cœur,
Offrant pour recompenſe à cét illuſtre gage,
Et mon cœur tout entier , & mon ſceptre en par-
    tage.
Ouy tous les grands eſtats qui dependent de moy,
Seront à tont pouuoir , & dependront de toy ;
Si ton cœur ſe reſout à me ceder l'empire,
Pour qui tu ſçais deſia que mon ame ſouſpire.
C'eſt l'adorable Olympe à qui i'oſe aſpirer.
Son empire eſt le ſeul que ie puis deſirer ;
Ce point d'ambition fait ma plus grande peine,
Que ie ſoit ſon ſubjet, & qu'elle ſoit ma Reyne.
Ie bannis de mon cœur tous les ſceptres humains,
Pour l'honneur d'eſtre eſclaue en de ſi belle mains,
Ie ſcay que ton merite aſpire a méme gloire.
Mais cede la de grace aux loix de la victoire ;
Et ſi mon cœur t'impoſe vne trop dure loy,
Penſe au bras d'vn vainqueur, penſe au pouuoir
    d'vn Roy.

DORANTE.

Grand Roy voſtre grandeur eſt égale à la ſienne.

C'eſt

C'est par là qu'elle est vostre, & ne fut iamais
  mienne.
Vos merite qui vont du pair auec les siens,
La font desia compter au nombre de vos biens.
Mais (grand Roy) possedant ce bien inestimable,
Helas rendez heureux vn amant miserable,
Souffrant que mon trépas me fasse meriter,
Vn bien que vos vertus vous feront heriter.

OLYMPE.

Dorante vous tenez fort mal vostre promesse.

DORANTE.

Ie ne puis resister à l'ardeur qui me presse.
Et vous (grand Prince) & vous traittés plus dou-
  cement,
Vn guerrier qu'autres fois Olympe eut pour
  amant.
Ne me condamnez pas à mener vne vie,
Pire que le trépas, pour qui i'ay tant d'enuie,
Que ne m'accordant pas cette rare faueur,
Ie l'auray de mon bras & de mon propre cœur.

OLYMPE.

Dorante me trahit! ô perfide extréme!
Et par sa trahison ose dire qu'il m'ayme!
Dorante me trahit, & fait si peu d'estat,
Et de mes interests, & de ceux de l'estat.
Vous me traitté trop mal, & ie ne dois point
  croire,
Qu'vn esprit inconstant soit amy de la gloire.

DORANTE.

Bas] Cedons à ce transport, mon cœur dissimulons.
Haut] Nous disons bien souuent plus que nous ne
  voulons.

E 4

Quand vn cœur eſt ardent, la flame qui l'agite
Vient ſur la langue, & fait qu'elle ſe precipite.
Ouy grand Roy ie vous cede vn bien que i'at-
   tendois.
Puiſqu'Olympe le veut, ie le veux, & le dois.
Pardonnez mon tranſport, & iugez par vous
   méme,
Qu'on n'eſt pas bien ſouuent à ſoy lors que l'on
   ayme.

CAIAN.

Dorante ie le ſçay, mon obligation
Deura ſe meſurer auec ta paſſion.
Et quoy que le treſor que ton amour ſenſible
Me cede maintenant, ſoit d'vn prix indicible;
La peine toutesfois que ſouffrent tes eſprits
A me l'abandonner, en augmente le prix.
Tu ſçais braue guerrier que ſans fletrir ma gloire,
Ie pourrois me ſeruir du droit de la victoire;
Mais comme Olympe n'a que de diuins attraits,
L'amour ne m'a ietté que de pudiques traits.

DORANTE.

Excuſez donc ma flame ô Prince Magnanime,

CAIAN.

Ouy i'excuſe le feu qui fait vn ſi beau crime.
R'entrant donc en toy méſme, & d'vn cœur plus
   ſoûmis,
Tu me cedes l'honneur qu'elle t'auoit promis?

DORANTE

Ouy grand Roy.

CAIAN.

       Maintenant que reſte-il Madame,
Pour voir l'aymable effet de mon ardente flame.

Eſt-il

Est-il quelqu'autre obstacle ?

OLYMPE.

Ouy le , plus grand de tous.

CAIAN.

Vn Dieu ne me pourroit choquer.

OLYMPE.

Que dites-vous !

Vn Dieu vous choque encor.

CAIAN.

Quel.

OLYMPE.

Celuy que i'adore.

CAIAN.

Mais pour flechir ce Dieu que dois - ie faire en-
cores ?

OLYMPE.

Méprifer tous vos Dieux.

CAIAN.

Helas ! que dites vous !

Le méprix des mortels attire leur courroux.
Méprifer tous mes Dieux ! peut eftre que le
voftre,
A cette ambition d'eftre plus que tous autre ?
Oüy pourueu qu'il confente à mes intentions,
Il aura le premier mes adortions.

OLYMPE.

C'eft mon Dieu feulement qui gouuerne les
hommes.
Les voftre ont efté , Seigneur , ce que nous
fommes ;
Et font moindres que vous quand ils font quelques
fois ,

Ou de bronze, ou de marbre, ou de platre, ou de
　　bois.
Voyez sans passion vostre mythologie,
Et là vous apprendrez leur genealogie.
C A I A N.
Vous blasphemez, Madame, & peut estre à ce
　　point
Que mes Dieux irritez ne le souffriront point.
O L Y M P E.
Ie ne blasphéme pas, ou si c'est vn blasphéme
Ma langue tous les iours blasphemera de mesme.
C A I A N.
I'excuse encor vn coup vn transport feminin.
Mais de grace cesses de vomir ce venin.
C'est le seul point auquel ie ne puis me resoudre.
Et ie crains trop les bras qui gouuernent la foudre.
Madame pensez donc que vous les irritez.
Ne faites cette tache à vos rares beautez.
Osez vous bien leur faire vne offence si grande,
Vous que ie croyois iointe à la leur diuine bande.
Mais quoy pour leur respect comme pour mes
　　amours,
Vos meilleurs sentimes tiendront d'autres discours.
O L Y M P E.
Le vray Dieu des Chresties seul digne de l'homage
Que l'on rend à vos Dieux, m'inspire ce langage.
C A I A N.
Le zele me transporte; & ie sens qu'à son tour,
Il veut dedans mon cœur succeder à l'amour.
Madame parlez mieux, & ie vous en coniure.
Ie pourrois vous quiter sans deuenir pariure,
Et changer mon amour & ma ciuilité,

Et

En force de conqueste, & droit d'hostilité.
Moderez donc au moins vos discours ie vous prie.
Conseruez mon amour éuitant ma furie.
Et ne permettez pas qu'auec mon pouuoir,
Ie fasse contre vous de la force vn deuoir.
Madame parlez mieux.

OLYMPE.

Ie ne sçaurois mieux dire.

CAIAN.

Il veut l'emmener par force.
O Dieux cette responce à merité mon ire.
Ie suis vostre vainqueur, & non pas vostre époux.
Dieux ie ne puis faillir si ie marche apres vous.
Vous auez autres fois vsé de violences,
Et vostre exemple icy m'excuse d'insolence.
Mais que dis-ie! les Dieux ont-ils des passions!
La foiblesse s'opose à leurs perfections.
Les mortels sont punis alors qu'ils sont coupables
D'vn viol; & mes Dieux en ont esté capables.
Ie sens que mon esprit se treuue confondu.
Et mon raisonnement luy méme s'est perdu.
Madame pardonnez à mon aueugle zele.
Mon cœur ouuure les yeux, & vous treuue si
   belle,
Qu'il ne peut que iuger qu'vne telle beauté,
A fait vn iuste choix de la Diuinité.
Faites moy donc sçauoir quelle est cette puissance,
Seule pleine de gloire autant que d'innocence;
Ie seray plus ardent estant plus éclairé.

OLYMPE.

Indigne d'en parler ie vous obeiray.
Tout ce vaste Vniuers releue, & participe,

                                    D'vne

D'vne cauſe premiere, & d'vn premier principe,
En en mot il n'eſt rien dont il ne ſoit l'auteur,
Puiſque tout mouuement veut vn premier moteur.
L'immenſe, & l'infiny ſont ſa propre nature,
Luy ſeul ſe peut connoiſtre, & luy ſeul ſe meſure.
Ny pouuant donc auoir pluſieurs infinitez,
Iugez Seigneur par là de vos Diuinitez.
Mais comme ce diſcours ſurpaſſe ma portée,
Et que deſia trop haut ie me ſuis emportée
Souffrez, Seigneur, ſouffrez que quelque bon
  Docteur,
Eclairant voſtre eſprit eſchauffe voſtre cœur.

CAIAN.

I'en ſuis rauy Madame.

OLYMPE en s'en allant auec Cajan.

O Majeſté diuine.
Faites donc que l'erreur cede à voſtre doctrine.

DORANTE bas.

Le Ciel agit icy, cét auguſte deſſein,
Merite de Dorante, & le cœur, & la main.

CAIAN en s'en allant.

Dorante ſuiuez-nous, ne quittez ma perſonne.
C'eſt à vos ſoins Chreſtiens que mon cœur s'a-
bandonne.

Fin du quatriéme Acte.

ACTE V.

SCENE PREMIERE.

CAIAN, OLYMPE.
CAIAN.

DIVINE verité dont les charmes puiſſans,
Flatent tous mes eſprits quand ils choquent
mes ſens,   (mieres,
Que ie m'eſtime heureux que mes erreurs pre-
Abandonnant mon cœur cedent à tes lumieres,
Et ne me laiſſent plus ſinon l'eſtonnement,
De n'auoir pas plûtoſt veu mon aueuglement.
Voſtre Diuinité (Madame) eſt donc l'vnique,
Qui ne releue pas ny d'vn art mechanique,
Ny d'vne chimerique & vaine illuſion,
Ny du vol inſolent de noſtre ambition,
Ny d'aucun autre effet de l'humain artifice,
Dont la fole ignorance autant que la malice,
Ne ſçachant pas à qui conſtruire des Autels,
Les voulut vainement bâtir à des mortels.
Oüy, Madame, ie crois que ſon eſtre ſupréme,
Ne peut pas releuer d'autre que de luy-meſme,
Ainſi que la raiſon par vn rare Docteur,
L'a déja viuement imprimé dans mon cœur.
Helas ! pouuois-ie voir des qualités diuines,

En

En des Dieux qui pouuoient auoir des concubines !
Qui furent autresfois adulteres, riuaux,
Et qui mettoient leur gloire a faire mille maux.
Quels Dieux qui loin d'auoir vn si noble aduan-
     tage,
N'ayant pas la raison n'en auoient pas l'image !
Quels Dieux de qui l'exemple authorise le mal !
Qu'on ne peut adorer que d'vn culte brutal !
Quels Dieux enfin de qui la honte & l'infamie,
Cachoit sous mille erreurs tout l'éclat de ma vie.
Que ie suis redeuable au soin que vous auez
De mon salut (Madamé:)

         O L Y M P E.

            Ha ! Seigneur, acheuez.
Ménagez les rayons que le Ciel vous enuoye,
Pour vous conduire à luy.

         C A I A N.

            Montrez m'en donc la voye.

         O L Y M P E.

C'est par vn Sacrement qu'il vous faut receuoir.

         C A I A N.

Quel est ce Sacrement ? ie feray mon deuoir.

         O L Y M P E.

C'est vne onde sacrée, ou plûtost vne flâme,
Qui laue tout ensemble, & brûle encore vne ame,
Luy faisant ressentir qu'vne diuine ardeur,
Accompagne toûjours la celeste candeur.

         C A I A N.

Allons, Madame, allons, mon ame est inspirée
De brûler par l'ardeur de cette onde sacrée.
Et ie brûle desia du desir de ces eaux.
Mes larmes grossiront ces celestes ruisseaux ;

                     Dont

Dont le courant nous mene à cét eftre fupréme,
Et par qui ie pourray joindre l'objet que i'ayme.
Ouy puifque par ces eaux nous approchons d'vn
    Dieu.
Rien ne peut m'éloigner de vous en ce bas lieu.
Ne perdons pas le temps, & faifons que l'armée
Ignore mon deffein.

OLYMPE.

            Que mon ame eft charmée.
Prince ne craignez rien, le Dieu que vous fuiuez,
Sçaura bien appaifer les foldats foûleuez.

SCENE II.

SOLDAT Payen, CAIAN, OLYMPE.

SOLDAT.

ON a treuué Seigneur au fonds d'vne galere
    Quelques Soldats cachez que leur deura-on
faire?
        CAIAN *en s'en allant auec Olympe.*
Qu'on les laiffe échapper. mes ordres font donnés
Que l'on fauue la vie à ces infortunés.
        SOLDAT *Seul.*
Nous l'auons fait auffi. nous leur auons fait grace.
Car le meurtre eft fi grand que ma main en eft laffe
Ee ie crois que jamais la Lune & le Soleil
Ne virent deffus l'onde vn maffacre pareil.

                    SCENE

S C E N E   III.

A G I L V L F E dépoüillé & S O L D A T.

S O L D A T.

OV vas-tu donc Chrestien ?

A G I L V L F E.

Mon ame infortunée,
Sous la pesante main de nostre destinée,
Suit auec des sanglots ses tristes mouuemens,
Et cherche en quelque lieu d'alleger ses tourmens.
Mais elle a beau chercher, mon destin trop seuere
Semble de plus en plus augmenter sa colere.
Ie m'y resous enfin.

S O L D A T.

Dis moy pauure Chrestien....

A R G I L V L F E crû simple Soldat.

De grace laissez-moy dans mon triste entretien.
Si le meurtre est fini, si l'on suspend les armes,
C'est auec liberté que ie verse des larmes.
Mal-heureux que ie suis i'aymerois cent fois
    mieux,
A uoir versé mon sang sous vn bras furieux,
Que de me voir baigné de ces larmes tragiques,
Par l'ingratte douceur de vos bras tyranniques

S O L D A T.

Pleure donc à ton aise. adieu soldat , adieu,
Pour te laisser pleurer i'abandonne ce lieu.

A GI

AGILVLFE Seul.

'Helas ! quelle difgrace eft femblable à la mienne !
Il faut malgré mon cœur il faut que mon œil vienne
Ietter honteufement fes mal-heureux regards,
Sur les triftes débris qu'il voit de toutes parts.
I'efperois, quand ie fis ma derniere fortie,
definir par ma mort les mal-heurs de ma vie ;
Mais par la cruauté de mon tragique fort,
Ie n'ay pû me fauuer dans les bras de la mort ;
Et ie crois que le Ciel en prolongeant ma peine,
Veut voir où peut aller vne conftance humaine ;
Puifque fon rude bras veut m'impofer des loix,
Qui me forcent de viure, & mourir à la fois.
Mais c'eft peu que le Ciel me commande de viure.
Quoy que fa loy foit rude ha ! ie pourrois la fuiure.
Mais pourray-je fouffrir que mon illuftre fang,
Soit priué dans Venife & d'honneur & de rang ?
Le bruit en eft commun que Romilde ma femme,
A fait... ha ! ie ne puis acheuer. ha ! l'infame !
La perfide ! Agilulfe he ! que dis-tu ! les Cieux
Auroient-ils pû fouffrir ce monftre audacieux.
Non, cela ne peut eftre. & ce faux bruit fans
    doute
Ne doit pas meriter qu'Agilulfe l'écoute.
Quoy qu'il en foit entrons. par ce déguifement
Ie pourray m'informer de tout fecrettement.
Entrons donc, iufte Ciel i'ay bien le droit d'entrée.

SCENE IV.

ROMILDE, DORANTE, AGILVLFE.

AGILVLFE.

MAis arrestons, ie vois Romilde.

ROMILDE.

Ma contrée
Est enfin toute en paix, qui vois-ie ! ô iuste Cieux!
Quel l'objet surprenant se presente à mes yeux !
Est-ce vn objet de ioye, ou de douleur ! regarde.

DORANTE.

Que voyez-vous Madame ?

ROMILDE.

Agilulfe.

DORANTE.

Il n'a garde.
Les morts n'ont icy bas de commerce auec nous.

ROMILDE.

C'est son ombre, ou luy-méme.

DORANTE.

Ha ie vois comme vous
Le pourtrait d'Agilulfe en ce noble visage.
Et si les trépassez se seruent de langage,
Il faut dire à cette ombre, ou peut estre à ce corps
En quel estat elle est au royaume des morts.

AGILVLFE bas.

Ce qu'on m'a dit est vray, Romilde est trop constante.

Mais laiſſons-les encor dans cette erreur plai-
ſante.

ROMILDE.

Ombre fais moy ſçauoir ſi ie te puis ayder.
Demandes-tu mon ſang ? ie veux te l'accorder.

DORANTE.

Au ſeiour des mortels tu m'as connu fidele.
Ta mort n'a pas rendu mon amitie mortelle.
De la part du grand Dieu parle nous, répons
nous.

AGILVLFE.

Ha ! n'exorciſez pas vn viuant comme vous.
Il eſt vray qu'a me voir en vn eſtat ſi ſombre,
Auec iuſte raiſon ie ſuis pris pour mon ombre ;
Encores n'ay-ie pas comme vous pouuez voir,
En ce piteux eſtat l'ombre de mon pouuoir.

ROMILDE.

Ie mets à part la crainte & la peur de ſymptome.
Ie vous veux embraſſer fuſſiez-vous vn phantoſme.
Agilulfe eſt-ce vous ?

AGILVLFE.

    Oüy ie ſuis ton mary,
Cependant qu'vn payen ſera ton fauory.
Oüy ie ſuis ton mary, quoy que mon aduerſaire,
Puiſſe auoir des attraits capables de te plaire.

ROMILDE.

Le Ciel vous veut combler de bon-heur aujour-
d'huy.
Il vous conduit chez vous pour vous ſortir d'ennuy.
Vous ſçaurez plus au long comme le tout ſe paſſe.
Cependant apprennez que le Ciel nous fait grace.
Ne vous affligez plus d'aucun triſte ſouci.

Nous sommes tous contents, vous le serez auſſi.

Et ce n'eſt pas en vain que le Ciel vous enuoye,

Combler dans voſtre Ville vne publique joye.

O merueille incroyable! ô retour fortuné!

Par qui ie ſents mon cœur plus content qu'eſtonné.

Veniſe maintenant n'a plus rien qui l'afflige

Son bon-heur eſt comblé par ce dernier prodige.

A G I L V L F E.

Comment le peut-il eſtre ayant cét ennemy

Dans nos murs deſolés?

R O M I L D E.

　　　　　　Il deuient noſtre amy.

Noſtre appuy, noſtre gloire, en vn mot noſtre

　gendre.

A G I L V L F E.

Que fera donc Dorante?

D O R A N T E.

　　　　　　Il m'y faut condeſcendre;

Et mon cœur eſt le ſeul que le Ciel aujourd'huy

Immole à tant de biens que nous tenons de luy;

Et ie me veux ſoûmettre à cette loy ſupréme,

Qui fait qu'au bien public ie m'immole moy-méme

A G I L V L F E.

Ma fille épouſeroit vn Idolatre! ô Cieux!

R O M I L D E.

Son eſprit éclairé renonce à ſes faux Dieux.

Son plus ardent deſir eſt d'eſtre aujourd'huy mém

Nettoyé par les eaux d'vn celeſte Bapteſme.

Ie n'y ſuis pas preſente afin que prudemment,

Il le faſſe ſans bruit, & plus ſecrettement.

Car ce deſſein pourroit ſoûleuer ſon armée.

A G

AGILVLFE.

O iuste Dieu ! Venise est donc ta bien-aymée.
Tu l'as enfin purgée en vn feu si cuisant,
Afin que son merite en soit plus reluisant.
Que tes puissans effets se font voir admirables,
Et que tu fais mouuoir des ressors adorables.

SCENE V.

CLIANTE, AGILVLFE, ROMILDE, DORANTE.

CLIANTE.

ENfin le Ciel fait voir que ses diuines mains,
Conduisent sagement le destin des humains.
Madame quel bon-heur ! & que viens-je d'en-
tendre !
Cajan se fait Chrestien !

ROMILDE.

        Ie te veux plus apprendre.
Agilulfe est viuant sous se deguisement.
Cliante ambrasse donc ses genoux humblement.

CLIANTE.

Souffrez moy cét honneur Prince donc la memoire,
Du pair à vos vertus sera pleine de gloire.
Le Ciel n'a plus pour nous vne ombre de rigueur.
Le vaincu vient combler la gloire du vainqueur.
Nostre propre malheur produit nostre fortune,
Aussi grande (Seigneur) qu'elle est fort peu com-
mune.

Et le Ciel auiourd'huy nous oblige de voir,
Que contre sa puissance il n'est point de pouuoir.

AGILVLFE.

I'ay receu ses faueurs, & reçois vostre homage.

SCENE VI.

SENATEVR, AGILVLFE, ROMILDE, DORANTE, CLIANTE.

SENATEVR.

PEut-on estre du Ciel fauori dauantage.
Madame pardonnez ....

ROMILDE.

Leuez-vous, iuste Ciel,
Parmy tant de douceurs pourrois ie auoir du fiel,
Par vn nouueau prodige augmentez vostre ioye.
Agilulfe est viuant.

SENATEVR.

Faut-il que ie le croye !
Ie croy qu'il est viuant dans le Ciel.

ROMILDE.

Non, croyez
Qu'il vit encor en terre.

AGILVLFE.

Enfin vous me voyez
De retour du tombeau, dans l'illustre Venise.

SENATEVR.

Que mon ame est contente aussi bien que surprise
Souffri?

Souffrez à vos genoux vn fidele sujet,
Rauy de ce charmant & merueilleux objet.

A G I L V L F E.

Le Ciel dont vous voyez la supreme puissance,
Combattoit contre nous, mais pour nostre defence.
Et par des coups secrets aussi bien qu'impreueus,
Montre qu'il fait le sourd pour mieux ouyr nos
　　vœux.

R O M I L D E à Agilulfe.

Cajan auec Olympe au sortir de l'Eglise,
Iouyront du bon-heur de la méme surprise.
Ecoutez à l'écart leurs nobles sentimens,
Et puis les honorez de vos embrassemens.

SCENE VII.

SECRETAIRE, AGILVLFE,
ROMILDE, DORANTE,
CLIANTE.

SECRETAIRE.

ETrange éuenement ! faut-il que la tempeste,
Venise, encor vn coup tombe dessus ta teste !
Helas nostre repos est de nouueau troublé !
Ce florissant Estat est encor accablé !

A G I L V L F E.

Quel est l'euenement qui nous est si contraire ?

S E C R E T A I R E.

Apprends homme de peu qu'il te vaudroit mieux
　taire.

F　4

AGILVLFE.

Connoissez voftre Prince.

SECRETAIRE.

Helas ! pardonnez moy.
Mais mon crime eft heureux par l'objet que ie
voys ....

AGILVLFE.

Vous vfez maintenant de vaines deferances.
Penfons à releuer nos mortes efperances.
Dites nous ce que c'eft.

SECRETAIRE.

Oyez en peu de mots,
Le funefte accident qui rompt noftre repos.
Comme le Roy Caïan d'vne ferueur extréme
Sortoit heureufement des ondes du baptéme,
Voicy qu'à l'impreueu viennent trois Colonels,
Qui luy parlent ainfi qu'on parle aux criminels.
Quoy (Prince) (luy dit l'vn) vos fentimens font
*   traiftres*
A la religion de vos nobles anceftres !
Et voftre noble cœur peut-il s'eftre rendu,
Au Dieu fourbe & nouueau que méme on à pendu !
L'armée eft en allarme, & fe foûleuant toute,
Va mettre voftre fceptre & voftre vie en doute.
Les Chefs font reuoltez, & desja tous vnis,
Preparent contre vous des mal-heurs infinis.
Ils vont brûler Venife, & dans vos propres terres,
Mettre par tout l'horreur des plus fanglantes
*   guerres.*
Caïan a reparti d'vn ton graue & prudent.
Ne vous eftonnez pas (dit-il) cét accident
Encor que furprenant n'eft pourtant pas étrange,

Puifque

Puisque vous sçauez bien que l'homme ayme le
    change.
Et quant à mon armée il m'importe fort peu,
Que les eaux que i'ay pris la mettent tout en feu;
Le grand Dieu des Chrestiens à qui ie sacrifie,
Sçaura bien conseruer & mon sceptre & ma vie.
Que s'il me fait l'honneur de mourir aujourd'huy
Par mes propres subiets, & pour l'amour de luy;
Ma mort sera ma gloire, & par cét aduantage,
Mon ame de plus prez ira luy rendre hômage,
Et receuoir des mains de ce grand Dieu viuant,
Vn empire eternel pour vn regne mouuant.
A ce discours vn autre a repris la parole.
Vostre action Cajan, est vne action fole,
(Dit-il)& vostre esprit fermant l'œil au deuoir,
Le mépris de nos Dieux armera leur pouuoir.
Aprés ces mots il sort. les autres deux qui restent,
Parlent encor, ie crois, méme ils iurent, protestent,
Que Caïan abusé se pourra repentir.
Alors ie suis sorti pour vous en aduertir
Il est vray qu'en venant i'ay fait vn bon rencontre,
Du braue Lieutenant de Cajan, lequel monstre
Par son pas redoublé qu'il court à son secours,
Car méme par la ruë il tenoit ce discours.
Allons braues soldats secourir nostre Maistre,
Et soyons maintenant ce que nous deuons estre.
Vn Roy peut ce qu'il veut, & la Religion
Est libre, & doit flatter nostre inclination.

AGILVLFE.
Le Ciel interessé prendra nostre deffence.
Il acheue toûjours vn dessein qu'il commence.

F 5

S C E N E　V I I I.

CAIAN, OLYMPE, AGILVLFE, ROMILDE, DORANTE, CLIANTE, SENATEVR, SECRETAIRE.

C A I A N.

ENfin (graces au Ciel) tout le trouble est calmé.
Le peuple est en repos, le Soldat defarmé;
Et les Chefs plus mutins ayant rendu les armes,
Ont tous les beaux premiers appaisé les vaccarmes,
Et me font esperer de les voir à leur tour,
Aussi-bien que leur Roy baptisés quelque iour.
Saint & sacré ruisseau dont l'onde cristalline
A porté dans mon ame vne grace diuine,
Que ie suis redeuable à tes nobles effets,
Par qui les plus payens sont des Chrétiens parfaits,
Mais écoutez encor ses plus grandes merueilles,
Et donnez-y les cœurs autant que les oreilles.
à Olympe.] Oüy par ces belles eaux, & leurs effets
　　　puiss̄ans,
Mes feux sont criminels, & seront innocens
Puisque ne voulant plus vn iniuste hymenée
Madame, ie vous donne à qui vous a donnée.
Vous me l'auiez promis, & ce comble d'honneur,
Promettoit à ma vie vn extréme bon-heur;
Mais d'vne ame chrestiéne & non pas inconstante
Ie cederay (Madame) à l'aymable Dorante.
Ie le dois puisqu'il fut premier aymé de vous.
Et crois vous obliger par vn si digne époux.

E

à Romilde] *Et vous (Madame) & vous reprenés*
      voſtre terre ,
Où mon bras ſe repent d'auoir porté la guerre.
Il ne me reſte plus aucun autre remords,
Aprés tant de fureurs , & de cruels tranſports,
Que d'àuoir veu tomber le Prince de Veniſe
Sous vn bras tyrannique.

ROMILDE.

                    Ha que ie ſuis ſurpriſe!
Et que les belles eaux qui vous ont ondoyé,
Vous ont parfaitement (grand Prince) nettoyé!
Voſtre haute vertu qui n'a point de ſeconde,
Comme voſtre valeur ira partout le monde ;
Et nos cœurs ſati-faits feront au Ciel des vœux
qui feront proſperer vos plus derniers nepueux.

OLYMPE.

Monarque ſans pareil voſtre deſſein celeſte,
Eſt-il à mon amour fauorable ou funeſte ?
Le Ciel ne veut-il pas aujourd'huy m'enſeigner,
Que pour m'oſter vn bien il me l'a fait gagner.
Et voyant que i'eſtois iuſtement amoureuſe,
D'vne ame également chreſtienne & genereuſe ;
Il eſt plus amoureux de vos charmans appas ;
Mais d'vn eſprit ſoûmis ie n'y reſiſte pas,
Eſtant trop peu pour vous ie ſuffis à Dorante ;
Il a les premiers feux pour ſa premiere amante ;
Ainſi d'vn cœur content beaucoup moins que
      confus,
I'accepteray Dorante auec voſtre refus ;
Cedant à quelque auguſte & plus belle Princeſſe,
L'hymen , non pas l'honneur de vous aymer ſans
      ceſſe.

DORANTE.

DORANTE.

Monarque genereux dont l'indomptable cœur
Pouuoit estre luy seul de luy-mesme vainqueur,
Vos moindres actions qui grossiront l'Histoire,
Sont bien également toutes dignes de gloire;
Mais ie crois que le Ciel d'vn style plus qu'humain,
Ecrira celle-cy de sa plus docte main.
Luy seul (Seigneur) luy seul peut dignement écrire,
Ce que luy-même fait & que luy même admire.
Vos bontez m'ont donné plus que ie n'attendois;
Receuez donc (Seigneur) vn cœur que ie vous dois.
Et souffrez pour le moins que par cette humble
*   offrande,*
Ie viue moins ingrat d'vne faueur si grande.
CAIAN.

Dorante me rend plus qu'il n'a receu de moy.
Ie ne t'ay rien donné qui ne fust bien à toy;
Mais tu m'offres vn cœur dont ie fais tant d'estime;
Dont l'offre volontaire autant que magnanime,
Par son prix indicible oblige encor le mien,
A se donner à toy pour reuenche du tien.
Dois-ie quelqu'autre chose à ces eaux du Ba-
*   ptesme?*
Leur cedant ma conqueste auec l'objet que i'aime,
Auray-ie satisfait à la Chrestienne Loy?
Faut-il quelqu'autre chose? helas dites-le moy.
Toutes puissantes mains, iustes comme adorables,
Soyez tousiours au sang d'Agilulfe exorables;
Et puisqu'il a quitté le seiour des Humains,
Daignez le couronner toutes puissantes mains.
ROMILDE.

Voicy (Seigneur) l'effet du desir qui vous reste.

Car le Ciel aujurd'huy ne veut rien de funeste.

AGILVLFE à Cajan.

Oüy Prince genereux, magnanime, & clement,
Agilulfe qui vit vous salue humblement.

CAIAN.

O Ciel est-ce Agilulfe! où si c'est son image!
Ce vestement le nie, & non pas ce visage,
En qui l'on voit depeint part vn illustre sang,
L'honneur de ses vertus, & celuy de son rang.

OLYMPE.

Quel prodige est cecy! quel plaisir est le mien!
Dorante est mon époux! Caian est bon Chrestien!
Et mon pere est viuant! prodige incomparable!
Effet miraculeux d'vne main adorable!

CAIAN.

Ha! que ie suis raui! mais faites nous sçauoir,
Le prodige par qui nous pouuons vous reuoir.

AGILVLFE.

Le Ciel m'ayant reduit dans cette iuste enuie,
Ou de sauuer Venise, ou de perdre ma vie;
Craignant plus que la mort de rester prisonnier,
Si i'eusse en general combatu le dernier;
I'aduance mon nauire, & luy donnant le large,
Commande au Canonier de commancer la charge.
Il tire, & le combat ne fut pas commencé,
Que ie sentis mon cœur de plus en plus pressé,
Du desir de la mort, vn Soldat de fortune,
Et de qui la valeur estoit fort peu commune,
Estoit auprés de moy ie luy parle en secret,
Et luy dis cher amy ie te connois discret
Pour ne diuulguer pas ce que ie te confie.
Ne feray (me dit-il) au peril de ma vie.

Donne

Donne moy (dis ie alors) tes vetemens , & prends
Mon harnois , il le prit , i'auance dans les rangs,
I'abandonne Dorante ignorant de l'echange,
Et me montre vn Soldat desireux de loüange.
Enfin ie m'exposois à la grêle des coups.
Quand irritant le sort il en deuint plus doux.
Car le vent du canon , ou plutost la fortune,
Pour m'oster du peril me jetta de la hune ;
Et ie vis aussi-tost tomber sur moy les morts,
D'ou pour me retirer ie fis cent vains efforts;
Le Ciel ayant voulu que malgré mon enuie,
Ce fut méme la mort qui me sauuat la vie.
Enfin parmy les morts l'vn sur l'autre entassez,
I'ay veu les ennemis du carnage lassez.
En peu de mots vôila la veritable histoire,
Que l'esprit plus credule aura peine de croyre.
Mais comme son recit n'a rien de fabuleux,
Et qu'estant veritable il est miraculeux,
Allons rendre nos vœux à la bonté supréme.

C A I A N.

Qui nous a comblés d'heur par vous malgré vous
méme.

A G I L V L F E.

C'est vous de qui la main à serui d'instrument,
Au bras qui seul peut faire vn si beau changement.

Fin du cinquiéme Acte.

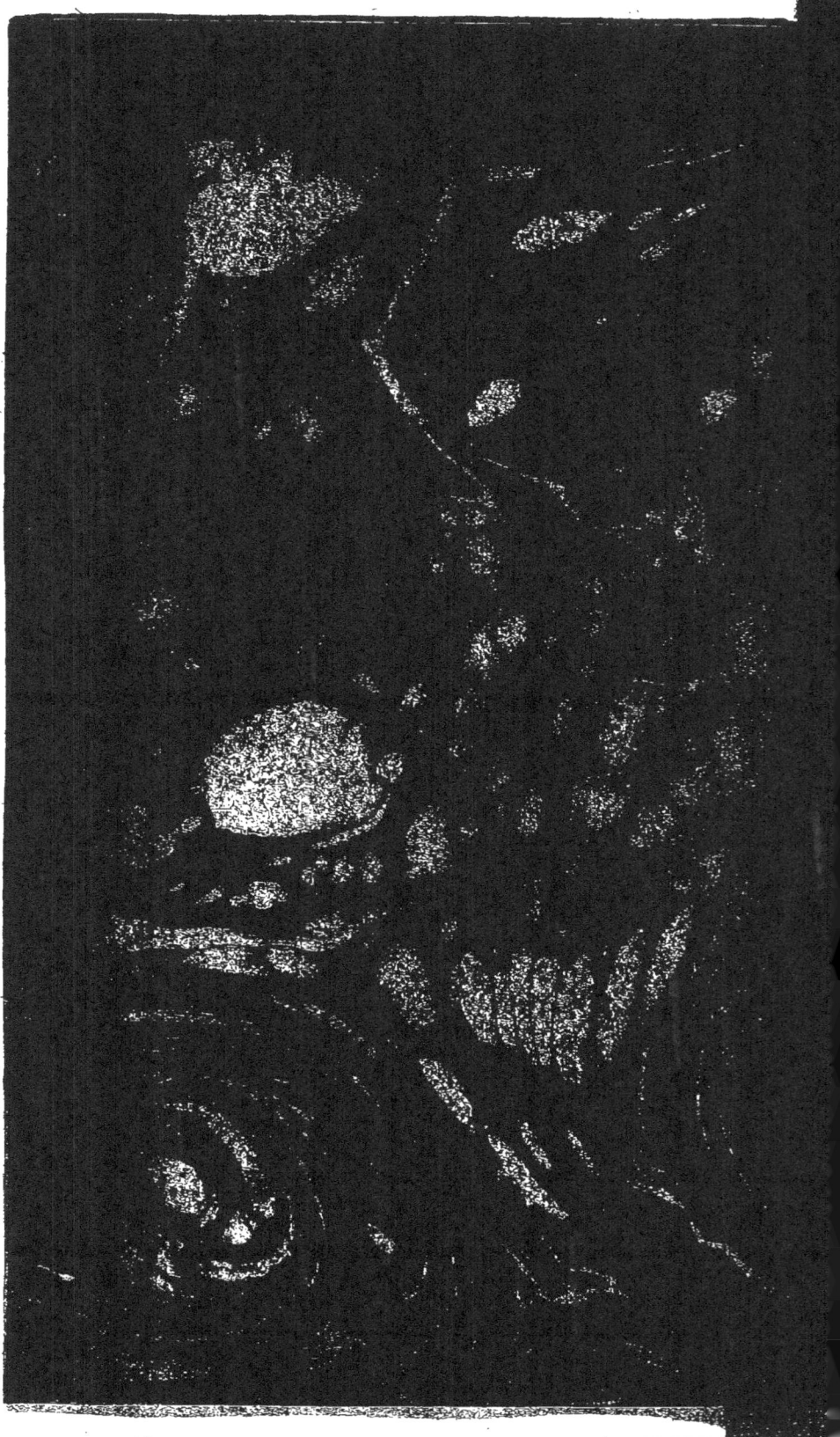

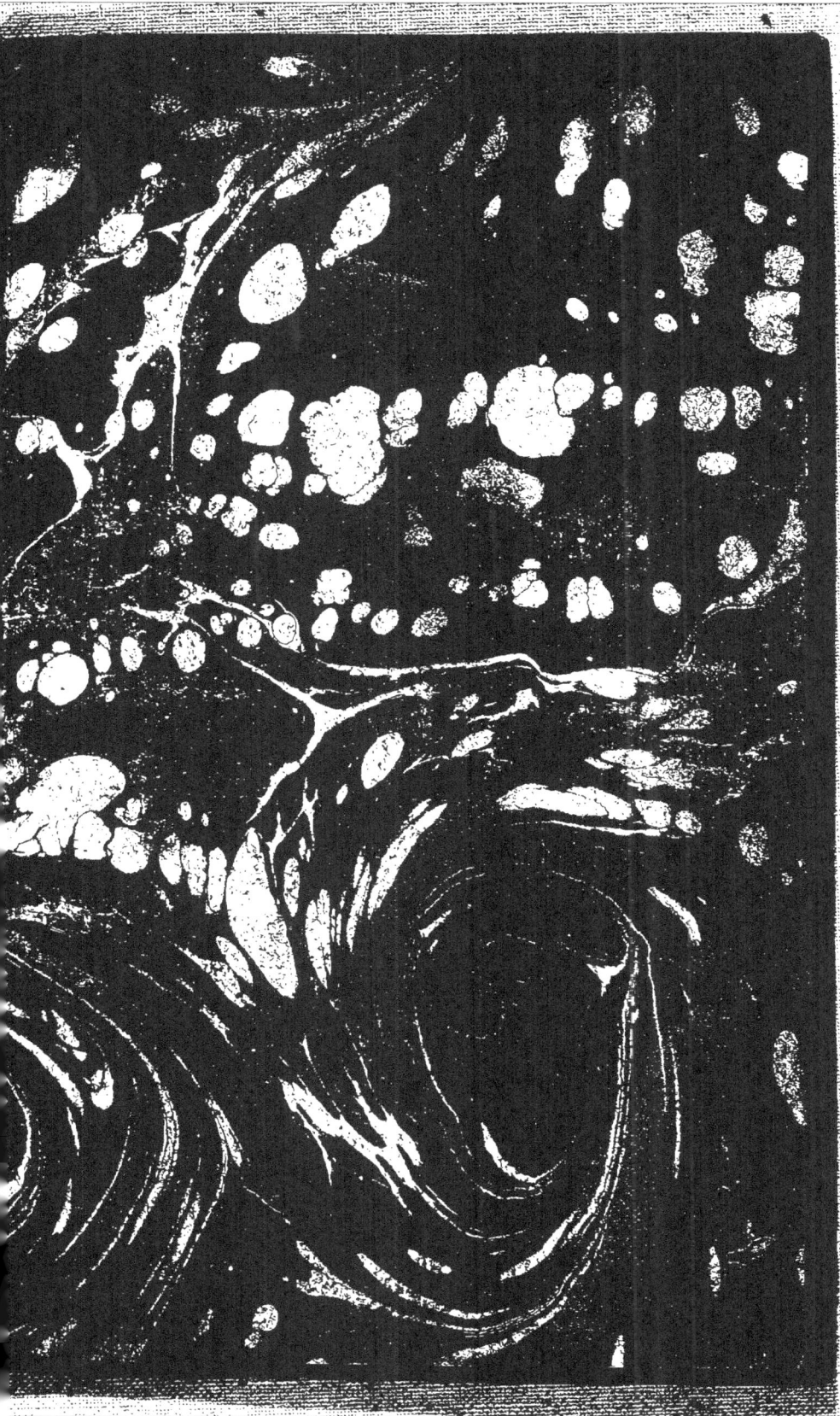

www.ingramcontent.com/pod-product-compliance
Lightning Source LLC
Chambersburg PA
CBHW070744280626
47162CB00017B/2319